MES MOTS ONT PERDU L'USAGE DE LA PAROLE

Marie-Héléna NGUELI LEKOBA

MES MOTS ONT PERDU L'USAGE DE LA PAROLE

Préface de Pierre NTSEMOU

Ce livre est édité par les éditions Kemet. Vous pouvez le commander en envoyant un mail à editionskemet@gmail.com.

Vous pouvez aussi l'acheter sur les plateformes de vente en ligne.

B.P. 1275, Brazzaville,

République du Congo

editionskemet@gmail.com

www.editionskemet.com

ISBN : 9782493053268

Aux âmes audacieuses qui n'ont de cesse de se noyer dans l'intrépide mer de leurs émotions. Je vous souhaite à toutes de trouver une bouée de sauvetage afin de flotter sur les tumultueuses vagues de vos sentiments envahissants. Aux artistes de l'univers qui n'ont de cesse de trimer dans l'unique but de laisser une marque éternelle dans les cœurs d'autrui. Aux amoureux des lettres, laissez toujours battre vos cœurs et scintiller vos yeux. Allumez vos admirables âmes.

Avertissement

Dépression, suicide, agression sexuelle, deuil, violences domestiques, suicide, sang.

Ce livre est déconseillé aux personnes sensibles.

Il est aussi important de dire que le glossaire composant chacun de mes écrits n'est pas toujours empreint de pudeur. Certains passages de cet ouvrage heurteront, sans doute, votre sensibilité. Mais au milieu de ce sombre tableau, vous trouverez certainement un brin de lumière et de douceur.

Si mes proches tombaient sur ce livre, son contenu pourrait entacher l'image qu'ils ont de moi...

Remerciements

Après avoir mis un point final à ce livre, l'idée ne m'a pas effleuré un seul instant l'esprit de rédiger des remerciements. Mais suite à une énième relecture des plus fructueuses, j'ai réalisé qu'il n'existerait pas meilleure manière de conclure que de dire merci. *Alors, merci !*

Je voudrais d'abord remercier mes parents, mes dieux sur Terre, car ils m'ont donné la chance de naître dans une famille ayant conscience de l'importance des livres et de la lecture. Grâce à leur amour et leurs sacrifices, je peux aisément me vanter d'avoir de l'instruction. Ils m'ont offert une éducation irréprochable, la possibilité de découvrir le monde merveilleux qu'est la lecture et l'écriture en m'inscrivant à l'école, de nobles valeurs, ainsi que la fierté d'être leur fille. Dans l'espoir d'avoir réussi, du mieux que je peux, à les rendre fiers à mon tour.

À toutes ces personnes qui n'ont jamais cessé de croire en moi, qui m'ont toujours hissée vers le haut, et qui m'ont convaincue de ne jamais abandonner. À toutes ces personnes formidables qui me soutiennent dans l'ombre comme dans la lumière, de près comme de loin.

À mon immense et extraordinaire communauté Instagram. Celle-ci se compose de personnes d'une bienveillance incroyable, toutes issues de divers horizons. Bien qu'une distance astronomique nous sépare, le lien qui nous unit est solide, et elles occupent une place importante dans mon cœur. Je me suis d'ailleurs inspirée de quelques-uns de leurs pseudos pour composer des textes en leur hommage. Je vous mets au défi de les dénicher.

À toutes ces personnes qui m'ont brisée, car la douleur a enfanté mes plus belles créations. À toutes ces personnes qui ont souhaité mon échec, je me suis servie de leur haine comme carburant pour aller de l'avant. À mes insomnies, elles ont été l'une de mes plus grandes sources d'inspiration, suivies de près par mes chagrins d'amour et mes atroces migraines. À mes ami.es, qui m'ont été d'un soutien infaillible. Ils m'ont redonné confiance en moi lorsque le doute s'immisçait dans mon esprit.

À Shàms, sans qui ce livre n'aurait pas vu le jour. Il a été l'élément déclencheur de mon éveil. Sans ses conseils à la limite du harcèlement, je n'aurai jamais osé sortir de ma cage et affronter le monde. À Anat et Davila, mes sœurs d'une autre mère, d'avoir été les premières à croire en moi, pour leur amour d'une rare pureté et leur authenticité. À Arès, pour ses conseils avisés et sa disponibilité. À Brilly pour sa présence, son soutien et ses conseils d'une grande sagesse. À Noëlly, d'avoir engendré ses livres d'une importance capitale et de m'avoir rappelé que : *« L'Univers et le Congo me disent merci d'avoir décidé de briller comme une étoile. »*

À cette poignée de personnes qui ont sacrifié un peu de leur temps afin d'écouter ce que mes mots avaient à dire. À vous aussi, qui avez lu ce livre, dans l'espoir que mes mots vous sont parvenus et qu'ils ont pu atteindre votre cœur.

Le meilleur pour la fin, à mon Créateur, de m'avoir dotée de ce talent inestimable dont je suis extrêmement fière.

À présent, mes mots reposent dans le creux de vos mains.

Du plus profond de mon cœur, et avec tout mon amour.

Avant-propos

Mes mots ont perdu l'usage de la parole met en relief les tourments d'une âme en construction. Une quête au cours de laquelle s'est révélé mon moi véritable. *Mes mots ont perdu l'usage de la parole* traduit le combat intérieur auquel se livre sans cesse mon esprit. Il est aussi un condensé d'émotions avortées, ayant trouvé refuge au creux d'une feuille, noircie à l'encre de mes peines. *Ma langue ayant perdu l'usage de la parole, mes mots ont décidé de résonner à sa place. Dans l'espoir que ces derniers retentissent suffisamment afin de parvenir aux oreilles du monde.*

L'auteure

Préface

S'il est avéré que la langue est avant tout un outil de communication, elle est chez certaines personnes un moyen de séduction incontestable, qui subjugue l'auditoire au point de lui arracher moult sourires de contentement le long du discours ou du propos qu'elles égrènent. Ce livre que vous tenez entre les mains est de cette marque de fabrique qui vous tient en haleine tant par la beauté de sa construction esthétique que par la profondeur de son lyrisme. La liberté de ton choisie par son auteure pour traiter, sans porter des gants, d'un sujet sensible mettant à nu par dévoilement des évènements ayant impacté sa vie intime, est d'une rare audace. Il faut les avoir bien suspendus – pour parler et avec une certaine pudeur encore ! des attributs essentiellement masculins de façon métaphorique d'un courage léonin – pour braver et briser les tabous d'une convention sociale dans les traditions africaines qui voudraient que les jeunes filles par pudeur fussent très réservées pour s'ouvrir au monde alentours autour de l'amour.

L'amour ! Oui, un sujet d'actualité sur toutes les lèvres des femmes et des hommes sous toutes les latitudes de l'univers où chaque jour se vivent des expériences tantôt merveilleuses, tantôt douloureuses. Si les hommes d'une manière générale en parlent avec bonheur pour les célébrer quand elles sont fastes pour en pérenniser les souvenirs ou panser les meurtrissures du cœur lorsqu'elles sont tristes, il n'en va pas de même pour les femmes. Et c'est là, justement que Marie Helena Ngueli Lekoba tranche net d'avec ses consœurs avec des textes au titre du genre « ***Chérir sa***

nudité ». Que peut-on en attendre ? Je vous laisse parier et voir à la fin de la lecture, si vous avez gagné le pari d'une évidente suggestion frisant à peine l'évocation d'une scène lubrique dans l'esprit. Et l'auteure a beau jeu de prévenir le lecteur dans son incipit : « Certains passages de cet ouvrage heurteront votre sensibilité », qu'elle va davantage pousser le lecteur à aller à la rencontre du choc annoncé comme l'irrésistible attraction vers une chose interdite, car si vous voulez atteindre une grande audience autour d'un sujet, faites-en un tabou du genre de la célèbre formule censurant chez les jeunes gens, la « consommation » de certains films par une affiche incitant plutôt à les voir : **Interdit aux moins de 18 ans**.

Ce livre est tout comme l'anecdote ci-devant évoquée. Avec en prime qu'il est bien « *un condensé d'émotions avortés* », car nous dit l'auteure « *ma langue ayant perdu l'usage de la parole, mes mots ont décidé de résonner à leur place.* » Ce sont donc désormais **les mots** qui vont avoir la force d'évoquer tous **les maux** qui minent la vie de l'être intérieur de Marie Helena Ngueli Lekoba. De la déception amoureuse culminant en un cœur déchiré en mille morceaux de tourments à la passion amoureuse avec un pic de jouissances qui fait pleurer de joie, hélas ! Éphémère qui génère amertume et migraine, voilà la graine passionnelle difficile à avaler surtout que ses mâchures ont le goût aigre de la désillusion quand la montagne de rêve d'une belle idylle accouche d'une grosse souris puante comme la musaraigne.

Parfois, l'auteure se met dans la peau de l'homme entichée à sa belle fée qui finit par lui poser un gros lapin, sans crier gare pour nous donner la mesure de l'angoisse qui froisse le cœur éconduit le plongeant dans une poisse existentielle. C'est à se demander combien de vies elle a vécues, notre jeune femme pour être au fait de tant de drames passionnels, elle qui apparemment n'est qu'à fleur d'âge pour tirer tant de leçons de vie dans le labyrinthe de l'amour, ce four incandescent dont les flammes font cramer si l'on n'y prend garde tous les boulangers du pain de la vie.

Le livre entier est un condensé de faits dévastateurs et des ravages des feux de l'amour dans les cœurs et les corps victimes naïves de quelques Tartuffe et Don Juan qui essaiment la planète Terre : « *Mon cœur est le clou du spectacle dont tu es l'instigateur* ». Avec ce genre d'aveu de la poétesse, comment ne pas réaliser le degré d'assujettissement de l'être amoureux qui n'a souvent que ses larmes pour se consoler de l'absence de son âme-sœur ? « *J'essuie les traces de mer déposées sur mes joues, puis me lève du lit pour affronter une nouvelle journée sans toi.* » N'allez surtout pas croire que ce livre n'est qu'un feuilleton d'une série cinématographique où le personnage principal serait Marie Helena Ngueli Lekoba. Que nenni ! diraient les Latinistes, car il m'est avis qu'elle est plutôt metteur en scène et réalisatrice de cet émouvant film de la vie des amoureux dans toutes les sphères de la société où la flèche de Cupidon fait des siennes. On est touché mêmement ici et là et si certaines victimes choisissent de se taire pour ruminer, stoïques, les effets pervers de la déception amoureuse, d'autres les partagent aux autres pour les en prémunir.

C'est la posture qu'adopte notre écrivaine qui, dans la peau d'un homme, dévoile son cauchemar : *« J'aimerai tellement lui dire ce que je ressens, mais cette fille me déconcerte complètement. Parce que je l'aime comme il n'est pas permis d'aimer. Parce que je donnerai ma vie pour la sienne, et parce que sans elle, je ne suis rien. »*

Voilà ! Plus aucun doute. La poétesse est bien porte-parole des accros écorchés vifs de l'amour-passion. Elle est tellement explicite dans son texte « *L'avoir vécu ou non* », que cela soit vécu ou non par elle, ce qu'elle y peint comme tableau sombre du désamour, est bien vrai du haut de notre propre expérience et de celle de beaucoup de gens avant nous. Évidemment après nous, d'autres le vivront. « *En me bousculant, tu as fait tomber mon cœur* ». Comme un fruit mûr qui tombe d'un arbre où il était accroché, il est impossible de le remettre à sa place. Et le vide laissé, jamais ne sera rempli suffisamment pour garder la connexion vitale. Ainsi, doit se vivre et se comprendre toute la symbolique contenue dans les vers à la fois sublimes et pathétiques suivants :

« J'ai rencontré l'amour, et il m'a souri.

J'ai ensuite été renversé par la réalité

Et la douleur m'a achevée. »

Souvent certaines mésaventures sentimentales sont dues à une méprise d'une heureuse opportunité comme en témoigne les vers ci-après :

« J'ai commis le péché d'avoir posé les yeux sur toi

Le bonheur a frappé à ma porte,

Je la lui ai flanquée au nez

Pensant que c'était une arnaque. »

Comme chat échaudé craint même l'eau froide, on peut sourire en visualisant la scène évoquée à travers ces vers cocasses :

« J'ai vu l'amour courir les rues,

J'ai pris mes jambes à mon cou

Pour ne pas qu'il m'attrape. »

Et comment donc ne pas avoir peur d'être de nouveau mordu par la chienne de vie que celle d'un être amoureux. Sa morsure peut être mortelle quand elle ne fait pas de vous un philosophe à vie. Marie Helena Ngueli Lekoba dresse dans son livre, un traité en cette matière spécifique qu'est la philosophie sentimentale. On peut certes se désoler des supplices endurés ou des stigmates incrustés dans son cœur meurtri par tant de déceptions amoureuses à un âge si précoce, mais tant que ceci sert à des tiers comme antidote à la douleur chez de futures victimes, son propos est à capitaliser et au lieu d'en rougir par crainte de jugement sévère de ses proches qui seraient déçus par toutes ces révélations d'une vie intime exposée à ciel ouvert à l'humanité, elle fait plutôt œuvre utile à l'instruction communautaire.

Entre autres éléments pertinents pour corroborer notre propos, on pourrait citer la force du texte « ***l'ouragan opéra*** » qui enseigne et renseigne le lecteur sur ce qu'un être amoureux affligé par les coups durs reçus d'une âme-sœur rebelle à la passion peut trouver consolation chez une autre qui panse ses blessures antérieures avec un cicatrisant au mercurochrome sentimentalement appliqué sur les plaies du cœur agressé.

Dans « ***la face cachée de l'archer*** », la poétesse à l'évidence croit peindre un drame intérieur propre à son destin, alors qu'elle touche le point d'orgue de toute relation amoureuse. Qui pourrait la convaincre qu'elle n'est pas seule victime de la flèche de Cupidon depuis l'aube de la vie sur la terre des amoureux ? Si on pouvait lui confier tous les secrets enfouis dans les cœurs des femmes et des hommes sujets à de violentes tribulations, elle cesserait certainement de se morfondre outre mesure. D'autres avant elle ont vécu pire : « *Je me suis brûlée les ailes, car j'ai trop plané près des éclats de ton soleil.* »… « *Je me défonce à ton amour néfaste, et sème derrière moi des fragments de nous.* »… « *J'ai renversé ton cœur, c'est pas de ma faute s'il était sur ma route.* » Toute cette vérité d'enfer sentimental est le lieu commun des humains sur notre terre dont chaque habitant fait les frais pour peu qu'il s'entiche d'un prince charmant ou d'une belle aux bois dormants.

Que dire maintenant de l'expression hyperbolique, métaphorique ou anaphorique de l'amour fou qui fait perdre raison à l'être aimé ou aimée dont notre écrivaine se sert avec une rhétorique belle comme une fleur rose et dont les épines de la plante qui la porte font partie de la vie ?

« J'ai beau réfréner ce feu ardent qui embrase ma poitrine, je ne peux nier l'évidence qu'une fois de plus mon cœur est tombé. Et il s'est fait une entorse. » (...)

« J'aurai aimé être une brise pour

Caresser tes cheveux. Un baiser pour

Frôler tes lèvres. Surtout être ton

Ombre pour t'accompagner partout. » (...)

« Je lui ai dit non. Mais ça ne l'a pas arrêté. Mes yeux ont transpiré. Mais ça ne l'a pas arrêté. J'ai suffoqué d'angoisse. Mais ça ne l'a pas arrêté. Je lui ai dit non. Mais ça ne l'a pas arrêté. »

Le livre de Marie Helena Ngueli Lekoba est un festival d'images merveilleuses de la conjugaison du verbe AIMER intensément :

« Ne te contente pas de mettre de l'essence

À mon cœur, mets-y aussi du feu afin

Qu'il brûle comme un incendie. »

S'il est vrai que l'amour charnel occupe les trois quarts du volume de ce livre dont c'est la problématique majeure mise à l'index comme exutoire d'un chagrin longtemps étouffé et que seuls les mots écrits ont pu libérer de la prison psychologique, l'amour filial n'a pas été totalement occulté avec des textes à l'honneur de la mère, génitrice ou d'une sœur parties trop tôt et dont l'absence est un vide incommensurable quand dans le rétroviseur de la vie, reviennent à rebours, des images d'une relation affectueuse inaltérable. On peut le lire et le vivre avec émotion à travers l'émouvant texte « ***Dis au revoir à maman*** » et « ***Lettre à une petite étoile.*** » De même que dans la peau d'une mère, l'auteure nous émeut dans ***Lettre à mon fils*** et ***Lettre à ma fille*** avant de nous fendre le cœur quand elle écrit ***Lettre à mon bébé*** à qui elle s'adresse en regrettant de ne l'avoir pas eu à cause d'un avortement volontaire.

À bien pénétrer ce livre d'une écriture atypique quant au genre littéraire qui s'en dégage, il faut avouer que même les spécialistes et experts, dont c'est le métier, seront tout aussi embarrassés que moi pour le désigner de façon formelle. On a affaire tantôt à la poésie dans son essence et à la prose poétique dans sa forme, tantôt à l'autobiographie, à l'essai littéraire par certains côtés quand ce n'est pas une réflexion philosophique sur l'amour, ses roses et ses épines. Une chose est sûre, ce livre est une belle et mélancolique romance rédigée à l'encre d'un pathos de maux de cœur peints avec des mots qui écœurent. Dès lors, la plume qui s'y trempe va dans tous les sens que lui imposent la raison qui vacille et l'émotion en vrille prenant d'assaut notre jeune écrivaine en proie à une transe lyrique.

Pour ma part, j'ai trouvé mon compte de plaisirs dans cette forme originale d'écriture où loin des sentiers battus des genres littéraires formels, l'auteure nous offre un cocktail poétique, prosaïque et philosophique des faits vécus dans sa chair ou par procuration psychologique de quelques tiers relationnels dont elle a partagé les secrets d'un destin commun pour le meilleur et pour le pire d'une existence. De nombreuses leçons de vie resteront longtemps gravées dans la mémoire de ceux qui après moi, prendront le temps de méditer sur ces confidences d'un cœur en détresse qui à l'instar d'Alfred de Musset, immense poète romantique français a légué à la postérité des paroles de vie et d'une incontestable vérité : « *l'homme est un apprenti, la douleur est son maître* ; *nul ne se connaît tant qu'il n'a pas souffert.* » Oui, Marie Helena Ngueli Lekoba est passé par le fil de la douleur qui a traversé son cœur pour nous servir un texte d'une profondeur inénarrable et moralement prégnant.

Enfin, mon coup de cœur lyrique en refermant ce livre est dans cette belle personnification qu'elle nous offre en disant sentencieuse : « *Mes émotions glissent sur le papier. Mes doigts parlent plus que mes lèvres. Et on peut dire qu'ils ont de bien belles choses à raconter.* » Et elle a bien raison de nous dire : « *Brise-moi le cœur que j'écrive un best-*

seller, car la douleur a enfanté mes plus belles créations. » Paroles prophétiques incontestables puisqu'en passe d'être vérifiées par ce livre **Mes mots ont perdu l'usage de la parole**.

Une nouvelle étoile brille désormais aux côtés de ses devancières, mères et sœurs scintillant dans une merveilleuse constellation au ciel des belles lettres congolaises.

Pierre Ntsémou,

Écrivain et critique littéraire

Ma langue ayant perdu l'usage de la parole, *mes doigts ont décidé de résonner à sa place.*

Se chercher au point de se perdre
On s'est perdu à force de trop se chercher.

Larmes stellaires
Allons sur la lune,
faire pleurer les étoiles.

Préserver un cœur d'enfant
Béni soit celui qui a préservé
de la douleur un cœur d'enfant.

Orphée, mon amour,
tu as suicidé mon âme.

J'ai séché mon cœur à
l'encre de nos peines.

J'ai pailleté mon désespoir
avec des sourires étincelants.

Mon âme s'est noyée
Et mon âme s'est noyée dans les
limbes profondes de ton regard.

Tu n'es pas comme le
commun des mortels.

Mon cœur, un champ de ruines
Bienvenu dans mon cœur en ruines.

Les profondeurs galactiques
de tes yeux m'ont engloutie.

Elle aime la pluie, la symphonie saccadée
de nos cœurs en osmose. Elle se drogue
de romance, s'enfume de poussiéreux
espoirs et s'enivre d'une joie acerbe.

Mon cœur est le clou du
spectacle dont tu es
l'instigateur.

Réminiscence nocturne

23 : 59

Allongée, j'attends que Morphée vienne m'envelopper de ses bras. Comme à son habitude, il est sûrement coincé dans le trafic. Mon esprit se dirige alors vers toi.

00 : 00

Minuit a sonné, et je ne trouve toujours pas le sommeil. Mes pensées errent entre les routes sinueuses de nos souvenirs balafrés. J'aimerai tellement trouver une case *delete* dans mon encéphale afin d'éradiquer cette atroce réminiscence.

03 : 25

Le Dieu des Songes m'a fait faux bond ce soir, il m'a abandonné à mes frivoles divagations. Alors que je pensais calmée la tempête de mes oisives songeries, un torrent de vagues inonde mes joues.

06 : 30

Les éclats solaires heurtent le verre des fenêtres, et se diffractent sur le parterre de ma chambre. L'atmosphère pue le nouveau jour *tristement heureux*. J'essuie les traces de mer déposées sur mes joues, puis me lève du lit pour affronter une nouvelle journée sans toi.

Là *tu meurs*

Je sens que plus les jours passent, moins je pense à lui. Cette tumeur semble s'éradiquer petit à petit. Elle ne m'obsède plus, ne me fait plus autant souffrir. Je pense que je guéris, mais il y aura toujours l'ombre de cette histoire. Elle sera plus que jamais présente. Un peu comme des termites dans un meuble, aussi comme une feuille qui a déjà fané, mais qui demeure suspendue à un arbre.

Chérir sa nudité

Je fais chauffer mon corps,
à être enrobée de tout ce coton.

Je me veux libre, sans morsure
fiévreuse de toute cette matière.

Je me veux nue, sans entrave aucune.
Pour allumer l'étincelle de la sensualité.

Le coton se voit tomber sur le sol,
il ne s'est pas connu d'accroc.

Le miroir projette un regard béatifique
de mes courbes au reflet d'un tableau de Picasso.

Mes cheveux noirs, épars et frisés,
la réincarnation de la Reine de Saba.

Cette beauté éblouissante attire détour,
des regards s'y heurtent d'une mine médusée.

Marie-Héléna NGUELI LEKOBA

Sans elle, je ne suis rien

J'aimerai tellement lui dire ce que je ressens, mais cette fille me déconcerte complètement. A chaque fois, je ne sais où donner de la tête. Sa noirceur m'attire sans cesse, à force je vais finir par sombrer. *Mais si tel est le prix à payer pour pouvoir la posséder, je veux bien finir damné.* Elle a ce pouvoir infernal de te donner l'illusion d'être important à ses yeux, mais aussi de te faire chuter de tellement haut que tu ne peux te relever. Mais tu te relèves, et tu réessaies de la conquérir. Parce que tu sais qu'elle a besoin de toi, de ton amour. Parce qu'elle a besoin de faire tomber ce masque et ce sourire faux qu'elle arbore pour se protéger des autres. Il lui a certainement fallu du temps pour élaborer toutes ses barrières ; du temps pour que la noirceur embrase complètement son cœur, et qu'il ne reste rien que des cendres. Mais je réussirai avec un peu de chance. Je réussirai à lui redonner de l'espoir ; à esquisser un sourire vrai sur ses lèvres ; à briser ses chaînes, à donner de l'oxygène à son cœur qui se meurt, à lui donner une raison de lutter ; mais surtout à lui faire aimer à nouveau, et lui donner une raison d'aimer, *de m'aimer*. Parce que je sais qu'elle est forte et qu'elle peut y arriver. Et *je serai là*, même si elle me repousse, même si elle me hurle dessus, et qu'elle joue la cynique. *Je serai là*. Parce que je l'aime comme il n'est pas permis d'aimer. Parce que je donnerai ma vie pour la sienne, et parce que *sans elle je ne suis rien*.

Cadence, fragrance

Cadence est belle, elle a la peau dorée, et un sourire qui vous vrille les sens. Ses iris iridescents me plongent à chaque fois dans une béatitude grivoise. Son regard altier briserait bien ton estime de soi.

Cadence aime la musique, le soleil en été, les plages, les pépites de chocolat semées sur sa peau. Cadence aime aussi les livres, la pluie, *la symphonie saccadée de nos cœurs lorsque l'osmose nous étreint.*

Cadence aime aussi les cigarettes, la nicotine valsant dans sa poitrine et encombrant ses poumons. Cadence n'a peur de rien, ni de la vie ni de la mort. Elle l'adore d'ailleurs cette chienne de vie.

Cadence se drogue de romance, *l'amour lui a pourtant causé un gros cœur incurable*, s'enfume de poussiéreux espoirs et s'enivre d'une joie acerbe.

Cadence c'était mon amour,
mais dans le bleu du ciel elle a élu domicile.

Les frasques de l'amour et la haine
L'amour fait faire des frasques.
La haine encore plus.

Tu es le marionnettiste de
mon cœur et de mon cerveau.

La résultante d'un ricochet de situations
On peut dire que notre rencontre
est la résultante d'un ricochet de
situations désastreuses.

Dommage que ton cœur ne
soit pas équipé d'un GPS.

Laissant hurler nos cœurs
suintant d'émotions.

Je vais faire irruption
dans tes rêves pour en
faire des cauchemars.

Mes nuits blanches sont parsemées
des parties sombres de mon esprit.

Ton sourire, une maladie
Ton sourire est une tumeur de
laquelle je voudrais ne jamais guérir.

En fin de compte, j'aime
quand tu profites de moi.

L'avoir vécu ou non

On est encore jeune et naïf lorsqu'on le rencontre. *On pense qu'il est vrai, que c'est lui, qu'il existe.* On le veut à tout prix. *On le veut à n'importe quel prix.* On le prend tel qu'il est, beau au début. On le prend tel qu'il est, *avec ses pétales et ses épines.* On commence à le cerner ou pas du tout. On s'aperçoit de son véritable visage et c'est avec déception qu'on regrette de l'avoir connu. Une deuxième déception, puis une troisième et on arrête de compter. Les épines s'enfoncent un peu plus dans notre chair, mais on espère. L'espoir fait vivre, ne dit-on pas ? Mais l'espoir *on n'en possède plus en quantité suffisante pour soulever des montagnes.* On réalise que l'on s'est trompé à son sujet. Il n'est pas aussi beau qu'il parait. Ou peut-être que si en fin de compte. On ne sait plus quoi penser. On ne sait plus quoi faire. On ne fait qu'espérer, *mais à la longue l'espoir se périme.* Comme vous, j'ai cru l'avoir rencontré. *Le véritable amour.* Celui qui vous fait exploser de bonheur tant il est intense. Comme vous, j'ai vu mes illusions voler en éclats. Il est beau. Certains le vivent intensément quand d'autres le vivent avec des épines. *Et forcément ils finissent écorchés.*

Guérison optimale

La guérison est rude au début. On commence d'abord par respirer un bon coup, prendre une décision ferme, puis on compte les heures, les semaines, les mois… Quand viennent les semaines, la première nous parait comme un exploit. Au bout de la deuxième, on se félicite vraiment parce qu'on s'en pensait incapable. Au bout du compte, on cesse de compter. On oublie complètement. Les mois défilent et on ne se souvient même plus de la douleur que cet être et ses souvenirs nous ont causé. À ce stade, j'ai le plaisir de t'annoncer que : *Tu es complètement guéri.e.*

Les étoiles nagent et le soleil danse
Les étoiles nagent dans tes iris,
et le soleil danse sur tes lèvres.

Dans la clarté de la nuit,
tes étoiles se sont éteintes.

Clarté et obscurité s'osmosent
La clarté de mon âme a embrassé
l'obscurité de la tienne.

Là où je mets les pieds
J'ai trébuché sur son cœur.

Mon cœur s'est éteint le jour
où le tien a cessé de battre.

Mes sourires étaient tellement faux
qu'ils ont fini par devenir une tumeur.

En jouant à Jumanji, je me suis
retrouvée prisonnière de ton cœur.

Je suffoque rien qu'en
inhalant ton odeur.

Vil personnage qu'est l'amour, il
t'achève ensuite t'offre des roses.

J'ai tellement flirté avec le bonheur
que le malheur en est jaloux.

Raconte-moi l'amour.

Je voulais voir le reflet de
mon âme à travers tes yeux.

– J'ai froid, viens me couvrir.
– *J'arrive me déposer sur toi.*
On s'endormira ensemble.
– L'un dans l'autre.

En me bousculant, tu as fait tomber mon cœur.

Tu es le seul responsable
du suicide de mon âme.

Le malheur se dissimule parfois.
Il te donne l'illusion d'être invisible et
attend le moment idéal pour t'achever.

Les effluves de nos âmes en collision.

Bonheur est une ville tellement
lointaine que même en rêve, il
m'est impossible d'y accéder.

Les poussières de nos
souvenirs m'ont donné la grippe.

Les gens te regardent toujours de
travers, parce que tu n'es pas comme
eux. *Une infinitude vous sépare.*

Mes mots ont perdu l'usage de la parole

Ce soir une étoile a échoué sur
terre. Je lui ai donné un toit où
dormir. Je n'aurais pas dû, car *elle*
m'a aspergé de ses rayons stellaires.

J'ai rencontré l'amour, et il m'a
souri. J'ai ensuite été renversée par
la réalité et la douleur m'a achevée.

Parce qu'on ira au paradis foutre l'enfer.

Tu as fait naître des poussières
d'étoiles dans mes yeux.

Et je m'enlise dans ma solitude.

J'ai commis le péché d'avoir
posé les yeux sur toi.

Le bonheur a frappé à ma porte,
je la lui ai claquée au nez
pensant que *c'était une arnaque.*

Regarde au tréfonds de mon âme,
utilise ton cœur à la place de tes yeux.

J'ai vu l'amour courir les rues,
j'ai pris mes jambes à mon cou
pour ne pas qu'il m'attrape.

Te rencontrer a été comme un bigbang.
Les étoiles ont sûrement tremblé.
Et moi, encore plus.

Tout a flambé quand tu m'as dit ce soir,
d'une voix empreinte d'émotions,
j'ai envie d'unir mes lèvres aux tiennes.

Cette fille est un véritable rayon de
soleil, dans sa triste vie de *solitaire*,
elle lui apporte un peu de *lumière.*

Le son de ta voix est *une drogue*
dure à laquelle *je succombe toujours.*

J'ai l'amour malheureux, mon amour.

J'ai renversé ton cœur, c'est pas
de ma faute s'il était sur ma route.

Je me défonce à ton amour
néfaste, et sème derrière
moi *des fragments de nous.*

Je voulais écrire de la poésie avec ton
corps, marquer ta peau, *te dire des*
poèmes avec des mots un peu cassés.

Ma boîte crânienne, souillée par les
bribes fougueuses de nos nuits torrides,
risque de s'éclater la gueule.

Marie-Héléna NGUELI LEKOBA

C'est l'histoire d'une fille

C'est l'histoire d'une fille, mais c'est peut-être aussi la tienne. Elle était persécutée par ses camarades en raison de son âge et de sa timidité. Elle avait longtemps enduré ce calvaire la bouche muselée. Elle se sentait insignifiante, souvent de trop. Elle complexait sur son âge et son apparence. Elle voulait être comme les autres pensant qu'elle se ferait ainsi accepter. Elle vivait dans l'ombre des autres, car elle se sentait infinitésimale. Son besoin irréfrénable de se faire aimer l'a conduite à trébucher sur des casseroles sales, mais tu sais quoi ? Aujourd'hui elle a ligoté son passé à un arbre et y a mis le feu. Aujourd'hui elle a appris de ses erreurs d'hier. Aujourd'hui elle avance sans se retourner. Cette fille c'est moi, *mais c'est peut-être toi aussi.*

Assise sur ce banc délabré, je tripote mon
poignet mutilé. *Assistant à cette splendide*
affliction, *emplie d'une profonde* déception.

Les éclats stellaires de ta peau scintillent et
se réfractent sur mes joues luisantes d'eau salée.
Tu chasses celles-ci, puis m'entoures de tes bras.
Ainsi, nos constellations s'osmosent.

Les nébuleuses pensées de notre
idylle avortée, *flottant dans mon*
esprit torturé, *suscitent de fortes*
pulsations à mon cœur accidenté.

Je me suis brûlée les ailes, car *j'ai*
trop plané près des *éclats de ton soleil.*

Notre amour idyllique

– Donne-moi une seule bonne raison.
– *Je suis sombre, tu scintilles.*
Ma noirceur va déteindre sur toi et te détruire.
– Détruisons-nous alors, dis-je simplement.

À ce niveau, les mots n'ont plus de pouvoir. *Seuls nos deux corps, nos deux cœurs*, ont parlé pour dire à quel point nous nous aimons. Et parce que nous nous aimons, nous nous détruisons par cet amour empoisonné. Mais que nous ingérons, malgré tous les risques que ça implique ; malgré toute la torture et la souffrance que ça engendrera. Et s'il faille que je meure, j'aurais au moins connu cet amour qui nous donne l'envie de se flinguer la cervelle. Connu cette fille sombre qui s'est transformée en *lumière* dans ma putain de vie *solitaire*. Parce que pour cet amour, on se bat. Parce que pour cette fille, on se bat. *Et on finit bousillé, mais tellement vivant.*

L'ouragan Opéra

Un soir j'ai rencontré une fille. Pas le genre de rencontre à laquelle on s'attend, pas le genre de rencontre hyper niaise et clichée qu'on retrouve dans la plupart des films. Pour le coup, je ne m'y attendais pas le moins du monde. J'étais défoncé, rétamé, la rage pulsait dans mes veines et j'avais une folle envie de cogner sur quelqu'un. Puis elle a débarqué tel un ouragan et tout est parti en vrille. J'ai failli buter un mec à cause d'elle, car s'il y a bien une chose qui m'écœure, ce sont les connards qui abusent des femmes. J'avoue que je ne me comporte pas toujours bien avec elles, mais j'ai mes limites. Cette fille est un tsunami agressif qui te prend aux tripes. Elle a dévasté les débris de ma vie et de mon cœur. Ce cœur fracassé par tant de maux. Elle m'a redonné le *sourire*. Elle m'a redonné le goût de *vivre*. Ce n'est vraiment pas mon genre de dire des trucs aussi gerbant, mais je pourrais écrire un livre sur la beauté de son âme et de son être tout entier. *Elle est le phare qui pénètre les sinistres méandres de mon cœur.*

Lettre à une petite étoile

Déjà plus d'un an que tu as quitté notre civilisation pour une autre, bien meilleure. De là où tu te trouves, j'espère que tu vas mieux. Tu me manques beaucoup. J'essaie de rester fort chaque jour pour ne pas voir maman s'écrouler. Je retiens mes larmes à chaque fois pour ne pas voir les siennes noyer ses belles prunelles. Tu avais le même regard qu'elle, enclin d'espoir en l'humanité. Mais depuis que tu es partie, *elles se sont ternies*. Un univers gris y a fleuri. *Ton absence occupe beaucoup de place*. Lorsque cette sournoise douleur m'envahit, je repense à ton visage et mes lèvres s'étirent en un frêle sourire. Tu étais une battante. *La fureur de vivre était ton carburant*. Tu avais toujours le soleil sur les lèvres, même quand la faucheuse s'est emparée de ton âme, celui-ci ne quittait jamais tes yeux. Ne cesse jamais de briller ma petite étoile. *Illumine les cieux de tes éclats lumineux*.

Ton grand frère qui t'aime.

Rencontre renversante aux allures de cataclysme

Quand je t'ai vu, un tsunami a pulvérisé ma poitrine. À un tiers de seconde près, ma respiration s'est suspendue. Je ne parvenais plus à respirer, puis tout s'est arrêté. Je tremblais de tout mon être en essayant de recouvrer mon souffle. Ça n'a duré qu'un instant, mais ça m'a paru une éternité.

Adieu bientôt mon amour

Je t'écris cette lettre pour te dire adieu. Je dis adieu à tous les souvenirs que tu m'as laissés. Je dis adieu à tout ce que tu as pu représenter pour moi. Un vide a empli mon cœur, car il ne peut s'empêcher de battre pour le tien.

Souvenirs d'une soirée tristement heureuse

À la soirée, je me sentais tellement seule. Je me suis enfermée dans les toilettes et *mes yeux ont transpiré*. Beaucoup. Au retour, nous étions à l'arrière de la voiture. Il était trois heures du matin, *nous hurlions comme des possédés*. Eux, ils s'amusaient. Moi, *mes yeux transpiraient à nouveau*.

Silencieuse douleur dans les bras de maman

Une fois à la maison, j'ai hurlé *maman*. C'était un cri déchirant d'une fille ayant besoin de sa mère. Un cri enclin de tristesse. Je l'ai fort serrée dans mes bras. J'avais besoin de cette chaleur maternelle et protectrice. Je riais de bonheur tandis que la peine me broyait les entrailles.

Ni blanche ni noire

Comme la plupart des gens, j'ai dû faire face à de nombreuses situations, pas toujours réjouissantes. La vie n'est pas toujours rose, blanche ou noire. Il est important de traverser des tempêtes pour mieux profiter du beau temps. Et ça a été le cas pour moi. J'ai maintes fois chancelé. J'ai, à maintes reprises, perdu l'équilibre et me suis retrouvée les genoux écorchés. Mais c'est tout ça la vie, *des leçons qu'on apprend au prix de périlleux efforts*.

Tomber c'est pour se faire mal

Tomber amoureux, c'est parfois malsain. Tomber, c'est pour se faire mal. Alors tomber amoureux, c'est s'écorcher profondément. On en souffre énormément, surtout quand ce n'est pas réciproque.

Mes mots ont perdu l'usage de la parole

Mon cœur a besoin d'une dose de
ton amour pour continuer à battre.

Laisse-moi embrasser tes cicatrices
pour en faire de délicieuses paillettes.

Mon cœur part en fumée, car il a trop
inhalé les nuées ardentes émanant du tien.

Marie-Héléna NGUELI LEKOBA

La face cachée de l'archer

J'ai fait sa rencontre alors que je n'étais encore qu'une jeune fille naïve, les étoiles plein les yeux. J'ai tout de suite été séduite. Je rêvais du conte de fées. Mais actuellement, la seule chose que je fais, ce sont des comptes de faits. Puis j'ai fait l'affreuse découverte de son véritable visage. J'ai discerné sa face cachée. Il nous fissure le cœur à coups de flèches empoisonnées. Aujourd'hui, j'esquive les aiguilles de Cupidon afin de ne pas me retrouver une nouvelle fois *le cœur en lambeaux*.

Moniteur principal

Cet organe abritant toutes mes cellules nerveuses, le disque dur de toute mon existence, le moniteur principal de mon corps, ne cesse de m'entraîner dans de fabuleuses contrées. C'est grâce à lui que mes doigts s'animent pour conter de sublimes histoires, mais c'est parfois à cause de lui *que je me noie*. Je me noie dans l'incommensurable océan de mes pensées. C'est aussi à cause de lui que je prends fréquemment de mauvaises décisions. Il n'a néanmoins pas que de mauvais côtés, c'est pourquoi il est important que je le *remercie*. Car sans lui, mon enveloppe corporelle serait sans *vie*.

Elle est le phare *qui* **pénètre**
les sinistres méandres de mon cœur.

Ode à mon précieux corps.
Je t'accepte tel que tu es, avec **tes**
imperfections parfaites, *et promets*
de te chérir de tout mon cœur.

J'ai le spleen à l'âme.

Me perdre dans les tréfonds
océaniques, car *mon cœur en*
apnée s'asphyxie de ton absence.

Lors de mon exploration des fonds
maritimes, je suis tombé sur une néréide
d'une vénusté ravageuse. Depuis, mon
esprit est tenu captif de sa figure.

Me vêtir de ton corps au point
de *m'imprégner de l'ardeur*
des palpitations de ton cœur.

Me languir de toi au point
d'avoir la poitrine comprimée.

Me fondre dans l'inébriante tiédeur
de ta chair au point de frôler l'acné.

Me diluer dans les profondeurs de tes
orbes au point d'y délaisser mon âme.

L'astre du jour saillit du cumulus
entravant le déploiement de sa vénusté.

Je réalise que j'ignorais ce qu'est l'amour,
mais depuis que je t'ai rencontré,
je découvre sa grisante saveur.

La trahison a une tout autre
saveur lorsqu'elle t'est infligée
par une personne de valeur.

J'essaie de panser mes blessures, *mais il*
subsiste encore quelques déchirures. La douleur
s'accroit et je ressens toujours ce mal-être diffus.

Je serai là quoi qu'il arrive.
Tu pourras *toujours* compter sur moi.
Je ne te laisserai pas tomber, mais
n'oublie pas que *tu es plus forte que tout.*

L'épaisse obscurité se propageant
dans l'atmosphère *s'étend jusque*
dans les artères de mon cœur.

Je voudrais goûter au miel de tes cheveux,
me délecter de ton sourire radieux,
m'alimenter de ta voix délicieuse
et *m'enrober de ta joie contagieuse.*

Il fait nuit, *mais pas noire*. Dans cette
chaleur dérisoire, je suis assise à une balançoire. Les
souvenirs m'emprisonnent dans un étau. Je suis lasse de
m'en défaire, alors je les laisse *s'enrouler à mes neurones*.

Je me souviens de notre idylle
avortée, *de toute cette peine éclaboussée*
et de mon cœur balafré, en me disant
que ça aurait pu bien se terminer.

Gangsters don't cry

« Je suis actuellement en enfer. En espérant que je n'y laisse pas mon âme, tu sais ce qu'il te reste à faire. »

Bip. Bip. Bip.

Je ne sais pas pourquoi je continue à appeler ton numéro. Pour entendre ta voix sans doute. Ta si belle voix. Et cette phrase glauque sur ton répondeur. *Tu étais l'obscurité et j'étais la lumière*. Mais j'aimais ce côté sombre qui te caractérisait, ça te donnait un charme irrésistible.

Tu ne m'écoutes pas d'où tu es. *En enfer*. Tu me disais toujours que ce serait ta destination finale, mais j'ai la certitude que tu n'y es pas. Tu étais un ange déchu. Tu avais gardé l'essence de ta pureté même si tu t'obstinais à la camoufler sous tes sombres vêtements et ta dégaine de tueuse. Il arrivait que ta beauté intérieure prenne le dessus.

Je t'en veux d'avoir choisi d'abandonner. Je t'en veux d'avoir laissé cette obscurité t'envahir complètement. Je t'en veux terriblement de m'avoir laissée. Tu me manques affreusement. *C'est insoutenable. Atroce. Douloureux.* Mais je ne vais pas pleurer parce que tu disais souvent : *« gangsters don't cry »*. J'espère que tu es bien là-haut. Je te rejoindrai, mais *pas aujourd'hui ni demain.*

Bip. Bip. Bip.

Colore ma vie à coups
de paillettes magiques.

Depuis que tu es entré dans ma vie,
il fait beau temps dans mon cœur.

Tu me fais vibriller, *vibrer et briller,*
en ressortant le meilleur de ma personne.

La vénuste clarté de la lune
redonne vie à mon âme écorchée.

L'éclat de mon étoile s'estompe à mesure
que la flamme de la tienne s'éloigne d'elle.

Les étincelles de ton soleil arrivent jusque
dans les décombres de mon cœur en désordre.

Je me suis égarée dans les
profondeurs de la voie lactée.

Il n'était pas une fois

J'aimerais tellement commencer cette histoire par *« il était une fois »* et terminer par *« ils vécurent heureux et eurent beaucoup d'enfants »*. Mais au risque de vous décevoir, je ne sais pas faire dans la dentelle. Alors on va faire simple : un jour la lune rencontra le soleil et ce fut l'éclipse. La lune étant défaillante, elle entraina peu à peu le soleil vers une *déchéance certaine*. Celui-ci ne voulant se résoudre à disparaître, s'écarta hâtivement de cet astre lugubre. *L'astre lugubre, c'est moi*. Une fille déglinguée semant le chaos à chacun de ses pas. Et le mystérieux soleil s'appelait Côme. Notre histoire aurait pu bien se terminer ; mais l'éclipse a tellement été dévastatrice que l'humanité tout entière en garde encore des séquelles. *Surtout Côme*.

Les fantômes des moments passés
avec toi errent toujours dans
le cimetière de mon esprit.

Le bonheur a frappé à ma porte, je l'ai invité à
prendre du thé en lui demandant pourquoi
il a autant tardé à arriver. Il m'a répondu
que *la météo de mon cœur n'était pas encore*
favorable, car *de gros orages y faisaient rage.*

Tes perfides mensonges font
encore écho dans *les insondables*
profondeurs de ma mémoire.

Des *ténèbres* jaillit toujours la *lumière.*

J'ai le cœur *tempête et soleil*
en pensant à *ton être solaire.*

Mes idées, *de toi*, font *désordre.*

Chez le météopsychologue

— *Quel temps fait-il dans votre tête, mademoiselle Helena ?*

— En toute franchise, les précipitations atteignent parfois un pic très élevé pour ensuite rechuter brutalement. C'est un peu les montagnes russes, un déluge menace de surgir à n'importe quel moment. Entre *réminiscences, réflexions puériles et doutes*, mon cerveau ne sait où donner de la tête.

— *Ne pensez-vous pas que ces prévisions pourraient changer ?*

— Honnêtement, je n'en sais rien. Mais une accalmie survient de temps en temps lorsque je réussis à dormir quelques heures. Parce que ce n'est que lorsque je suis sur le point de sombrer dans les limbes du sommeil que mon cerveau sort toutes les disquettes.

— *Avez-vous réussi à identifier la ou les causes de cette itérative tempête ?*

— Mon système nerveux a toujours été aussi bordélique. Je ne saurai donc efficacement vous répondre.

— *Je vois. Voici donc votre prescription : mettre votre cerveau en veille le plus longtemps possible, profiter de chaque moment aussi simple soit-il, et danser sous la pluie de vos pensées.*

— Merci météopsychologue. On se retrouve la prochaine fois que mon cerveau sera en feu.

Le deuil de notre histoire

Même des années après, je n'ai toujours pas réussi à faire le deuil de notre histoire. Une relation à sens unique, j'y ai laissé les plumes de mes ailes et les fragments de mon cœur. Car je t'ai aimé si ardemment que mon être tout entier et ma raison ont fait naufrage. Je pense pourtant que tu m'as aimée, *de travers, à l'envers, mais à ta manière*. Tu vois ? Je me voile encore la face aujourd'hui. Parce que la véritable réalité est que tu n'aimais que posséder mon corps. Et moi, je ne savais te résister à chaque fois. Je voulais que tu prennes absolument tout. Je t'ai tout donné de moi, mais je n'ai récolté que douleur et souffrance. Tu me brisais à chaque fois, parce que tu me refusais l'unique chose que je désirais : *Toi*. Combien de fois ai-je vainement pris la décision de t'oublier ? Tant de fois qu'il m'est impossible de quantifier. Je trébuchais dans tes bras même si je finissais toujours le cœur en lambeaux. La toxicité de notre relation dévorait chaque particule de mon corps, pourtant je t'aimais davantage. En fin de compte j'étais masochiste, et j'aimais que tu profites de moi.

Celui qui atteint l'âme et les yeux

Assis sur ce banc, je la contemple jouer avec du sable. Ce petit être si frêle et fort à la fois. Elle représente tout pour moi. Soledad incarne la beauté. Une beauté sauvage et douce à la fois. Ses grands yeux tendres s'émerveillent de tout ce qui l'entoure. Une seconde d'inattention de ma part et ses petites mains se retrouvent à tirer sur mon pantalon.

— *Pourquoi as-tu l'air si triste, papa ?*

— Je ne le suis pas, ma princesse, mentis-je en la posant sur mes pieds.

— *Ton sourire, il n'atteint pas tes yeux, souffle-t-elle.*

Je reste coi, stupéfait par autant de clairvoyance de sa part à son âge. Je pensais à toi et ça m'a rendu triste. Tu me manques terriblement et je pense que je n'y arriverai pas sans toi. *Le monde me fait horreur depuis ton départ*. La seule chose qui me maintienne encore debout, c'est notre magnifique petite fille. Le fruit de notre incommensurable amour. Je me dois d'être fort *pour elle, pour toi, pour nous*. Je lui fais alors un immense sourire. Le plus sincère. *Celui qui atteint l'âme et les yeux*. Elle me répond de la même manière avant de m'étreindre le cou. Il est là le bonheur. Dans chacun des moments passés avec des êtres chers.

L'indicible pigmentation de ses yeux

Je la contemple tandis qu'elle dort paisiblement sans se douter de la tempête qui fait rage dans mon esprit. Ses minuscules lèvres charnues sont déformées en une moue infantile. Ce nouvel aspect de son individualité, dont je fais la découverte, lui confère un charme indomptable. Qui est donc cette fille ? Pourquoi suis-je ainsi en sa présence ? Son corps frêle bouge doucement, puis de grands yeux glauques s'ouvrent et dirigent vers moi un regard inquisiteur. Je patauge dans l'indicible pigmentation de ses yeux, et m'y noie inexorablement.

Mémento numéro un

Tu traverses sûrement une période difficile en ce moment. L'espoir a déserté ton cœur, mais ne baisse pas les bras. *Souviens-toi que la vie vaut la peine d'être vécue.* Tout ce qui est arrivé en vaut sûrement la peine.

Mémento numéro deux

Malgré la douleur et le chagrin qui habitent ton être, ne te referme pas sur toi-même. *Focalise-toi uniquement sur toutes les merveilles que la vie a à offrir*. Celle-ci te réserve de splendides surprises. Il est donc important que tu sois apte à les accueillir sereinement.

Mémento numéro trois

Tu es une personne splendide et exceptionnelle. Ne l'oublie jamais. *Tes chagrins, tes combats silencieux et tapageurs ainsi que tes défaites te forgeront*. Tu en sortiras plus déterminée que jamais et ta lumière éblouira tes ennemis.

L'horloge

Assise sur ce banc qui ne connait que trop bien ma présence, je fixe l'horloge. Statique et murée dans un ineffable mutisme. Je la contemple dans toute sa splendeur. Mes prunelles s'accrochent ainsi à l'aiguille des secondes qui ne cesse de tourner. *Tic-tac. Tic-tac. Tic-tac.* Je me fonds dans ce tic-tac qui nous rappelle l'inexorable écoulement du temps. L'engrenage des secondes, des minutes, des heures. Ce son incessant marquant soit le rapprochement du danger, soit la fin d'une chose. Celui qui nous donne parfois des sueurs froides et nous rappelle qu'il faut profiter de notre vie ainsi que des êtres qui nous sont chers pendant qu'il est encore temps. Enfin, je me lève et vais à la poursuite de celui-ci.

La pluie et l'ombre

Il pleut et je suis là. Installée sur la pelouse, je la regarde qui déverse toute sa tristesse sur moi. Je sens sa détresse, son désespoir. Je me mêle à elle. Elle glisse sur ma peau, pénètre l'essence de mon âme. Je suis trempée, mais elle m'apporte tellement de réconfort. Elle souffle. Elle se déchaîne. Elle veut exprimer toute sa colère, toute sa tristesse. Mais personne ne la comprend à part moi, car nous sommes similaires. Elle s'est battue contre tous, et moi aussi. Elle a fait des ravages, et moi aussi. Elle les a rendus malades, et moi aussi. Certains l'ont méprisée, insultée, se sont écartés d'elle. Mais, moi j'étais là, présente dans l'ombre. J'acceptais tous ses reproches, car nous sommes identiques. Elle et moi, ressentons les choses de la même façon. Mais les autres ne le comprennent pas et ne le comprendront jamais. Il s'agit d'elle et moi. *Elle, la pluie, et moi, l'ombre.*

Les ombres

Assise sur le banc, le même que l'an dernier, je regarde à travers les grilles. Ces grilles qui semblent être une barrière. Je les vois. Ils sont présents, mais absents, comme des fantômes. Je souris. Un souvenir délicieux jaillit de ma mémoire et se matérialise sous mes yeux tel un hologramme programmé pour vous torturer. Ils sont là. Ils rient. Ils sont heureux comme à cette époque. Mais je suis transparente, ils ne me voient pas. C'est comme si je n'avais jamais existé. Cette joie me torture, me transperce la poitrine et martèle ma tête.

Souffrance. Solitude. Souffrance.

Je souris à ces souvenirs et à cette époque, en ressentant une affligeante douleur. Je les vois partout, à tous les endroits, dans les moindres recoins de l'école. Ils sont heureux, et je suis seule. Ils sont devenus des ombres, et ils me regardent sans me voir. Ils passent au travers de moi comme si je n'étais qu'un spectre. Ils me lancent des sourires qui ne m'appartiennent plus. Je suis terriblement seule, parce que je ne me suis pas accroché. J'ai manqué le train, parce que je n'ai pas attrapé sa main. Je l'ai laissé filer. J'avais de l'espoir, mais il a brisé mes rêves.

Mon ciel est en deuil, tes
étoiles sont décédées ce soir.

Les vagues de ton amour ont noyé
mon cœur, *il n'a pas su comment nager.*

Sortez vos boucliers,
il pleut des comètes ce soir.

Elle dissimulait sa tristesse
d'âme derrière *son sourire d'ange.*

Ton ciel est en deuil, les comètes de tes yeux
ont échoué *dans le cratère de ma poitrine.*

J'ai fait pleuvoir des papillons dans
son ventre *et des étoiles* dans ses yeux.

Se faire amputer d'un organe vital
C'est rude de se séparer de quelqu'un
qu'on aime encore, c'est comme se
faire amputer d'un organe vital.

Raconte-moi l'amour
Je disais : « *raconte-moi l'amour* ».
Effectivement, à présent il ne me
reste qu'à raconter le nôtre au passé.

La nostalgie de mon cœur
Mes yeux s'emplissent de la
nostalgie de mon cœur, qui déborde
et s'écoule le long de mes joues.

Votre requête a expiré
Votre requête a expiré : aucun
antidote n'a été trouvé pour
réparer votre cœur en défaillance.

Sourire, un automatisme

— *Qui y a-t-il ? Pourquoi es-tu si triste ?*

— Je ne frôle le bonheur qu'un court instant.

— *Au moins tu arrives à être heureuse, alors souris.*

— À quoi sert-il de sourire si on a le cœur noyé par la peine et le regard éteint ?

— *Dis-toi juste qu'il est parti pour revenir. Il revient toujours.*

— A quoi sert-il de revenir pour partir ensuite et semer chaos et chagrin sur son passage ?

— *Un jour le soleil atteindra tes yeux et tu connaitras le bonheur, sourire deviendra alors un automatisme.*

Raconte ton plus bel amour

— *Dis-moi, que penses-tu de l'amour* ?

— Je cumule pas mal de chagrins, je ne saurais donc te dire ces niaiseries qu'on rencontre dans les livres et les films.

— *Alors, raconte-moi ton plus bel amour.*

— Pour le coup, il était vraiment beau. Le plus beau que je n'ai jamais vécu jusqu'à présent. C'est peut-être l'une des raisons pour laquelle je ne parviens pas à l'oublier. Il s'est terminé tel qu'il avait commencé : *brusquement.* Mais j'en garde de magnifiques souvenirs, *bien qu'ils soient douloureux.* Il restera à jamais gravé dans mon cœur.

J'ai l'amour malheureux

— Exprime-toi librement, déverse tout ce que tu as sur le cœur.

— Es-tu sûr de vouloir découvrir mes failles ?

— Tout le monde en possède au moins une, alors oui. Que ressens-tu ?

— Tout et rien. Je suis fatiguée de lutter tous les jours contre cette douleur incommensurable qui me laboure le cœur. Je suis fatiguée de lutter contre mes pensées. Je voudrais qu'elles cessent de retentir, car penser à lui ne m'apporte que tourment et tristesse. Je me fais violence pour ne pas céder, tant les larmes se sont déjà versées. Je résiste à l'envie de tout lui dire au risque de lui dévoiler la puissance de mes sentiments à son égard, et par conséquent de la faiblesse dont ils m'affligent. J'ai peur de paraître pour une fille faible, incapable d'accepter la réalité. *J'ai l'amour malheureux*.

Les étoiles de son regard sont décédées

— *Dis-moi, comment vas-tu* ?
— Comme un ciel ayant perdu toutes ses étoiles.

— *Sans étoiles, il n'en demeure pas moins beau.*
— Sans doute.

— Comment est le tien ?
— Mon ciel est en deuil, *les étoiles de son regard sont décédées*. Et le comble dans tout ça, c'est que je n'y peux rien.

Je tire ma révérence

À la vue de ces mots, mon cœur s'est déchainé dans ma poitrine. C'était un battement assimilable à une secousse sismique. Je suis passé de la tristesse à la colère, de la colère à la déception et de la déception à la rancœur. J'ai versé des litres d'eau cette nuit-là. Silencieusement pour ne pas que mon chagrin s'éclabousse aux oreilles du monde. Je sentais une féroce douleur envelopper mon cœur. Ça faisait mal. *Terriblement mal.* Je pensais qu'elle ne s'en irait jamais. Elle est encore là pourtant. Je hurlais en silence, tellement fort. Il a mis un terme à ce *nous* que nous formions, car son cœur a cessé de battre au rythme du mien. Je ne peux rien contre ça. Les sentiments s'amenuisent de la même manière qu'ils évoluent. Et je ne peux même pas lui en vouloir, car ça aurait pu arriver à n'importe qui. Seulement, je trouve ça tellement injuste. J'ai trop espéré. Je nous ai projetés trop loin, mais *trop loin s'est arrêté en chemin.* Il était peut-être temps que nos trajectoires se séparent. Je n'oublierai jamais ce qu'on a vécu ensemble. J'ai encore tant de mots à déverser, mais je suis à bout, *je tire ma révérence.*

Toi dissociable de moi

Les tumultueuses vagues, de cette impétueuse mer, se heurtent avec fracas contre la paroi escarpée des rochers alentours. Assise sur l'un d'eux, j'admire ce spectacle grandiose. Les cendres amères de notre histoire s'attaquent soudain à mon estomac, elles l'emprisonnent dans un étau duquel il ne peut se soustraire. Je suffoque alors de désespoir suite à cette effusion de sentiments néfastes. Le récit de nos multiples échecs en tant qu'un *tout* aurait pu bien se conclure, mais malheureusement il n'en reste qu'un *toi* dissociable d'un *moi*.

Ça ira toujours mieux

Je cours sans m'arrêter. J'ai déjà parcouru un bon nombre de kilomètres, mais je continue de faire souffrir mes jambes et mon myocarde. Toute la tristesse et la douleur que j'ai cumulées ces derniers jours débordent et je flanche. Des rivières s'écoulent de mes yeux tandis que mes foulées redoublent d'intensité. La frénésie gagne toutes les parcelles de mon corps et ma course devient folle. Finalement, mon exutoire se découpe du paysage. Mes lèvres s'étirent en un sourire flétri. Je fonce droit dans les vagues, mes larmes s'évanouissent dans l'océan et fusionnent avec lui. Mon corps flotte telle une épave, mais je me sens bien. Même si ce sentiment de bien-être est éphémère, la douleur est toujours surmontable. J'en suis sûre, ça ira mieux demain. *Ça ira toujours mieux.*

Les fragments de toi m'ont rendu malade

J'appuis sur l'accélérateur. Les bourrasques de vent caressent mon visage et font virevolter mes cheveux. Le paysage défile à grande vitesse et mon regard se perd dans l'amoncèlement des nuages. Je m'attarde sur le relief de chacun d'eux et m'amuse à deviner des formes imaginaires. Les courbes de ton visage se dessinent alors devant moi et l'écho de mon chagrin résonne dans ma poitrine. *Tu es partout et nulle part à la fois*. Tu surgis à n'importe quel moment pour raviver la douleur qui me tourmente depuis ton départ. *Pars. Pars. Pars.* Evade-toi de mon esprit et laisse-moi poursuivre ce voyage vers la guérison. *Car les fragments de toi que tu as semés m'ont rendu malade.*

Dis au revoir à maman

Je roule à bord de ma peine, elle est seule maîtresse, elle règne sur le trône de ferrailles qu'est ma bécane. Des torrents s'échappant de mes yeux me brouillent la vue et se répandent sur mes joues avant d'éteindre mon cœur. Je culpabilise de t'avoir laissée te battre toute seule cette nuit-là. Si j'avais su, je serais resté jusqu'à ce que ton dernier souffle s'échappe d'entre tes lèvres. Mais tu avais insisté pour que je m'en aille, me rassurant que tu allais bien et qu'on se verrait le lendemain. *Tu savais*. Tu savais que tu t'en allais et tu ne m'as pas autorisé à te regarder t'éteindre à petit feu. Tu voulais sans doute m'épargner la douleur, mais elle est encore plus vive que tu ne l'aurais crue. Je souffre de ne pas avoir été à tes côtés, de ne pas avoir eu la possibilité de te dire adieu. Tu représentais tout pour moi, mon commencement et ma terminaison. C'est grâce à toi que mon cœur bat, mais ces battements ne valent rien si les tiens se sont éteints. Que vais-je devenir sans la femme la plus importante à mes yeux ? Dis-moi, que va devenir mon monde sans ta présence ? Sans tes câlins protecteurs, sans tes sourires rayonnants, sans tes regards chaleureux ? Tu étais la seule qui perçait à jour mes tourments, mes angoisses et mes chagrins. Celle qui essuyait mes larmes, pansait mes blessures. Celle qui m'a vu naître, grandir jusqu'à devenir l'homme que je suis. Sans toi je ne suis rien, qu'un tas de ferraille ambulant, une âme esseulée, une boussole qui a perdu le Nord. J'aurais donné n'importe quoi pour prendre le mal qui te rongeait, n'importe quoi pour te voir heureuse et en vie… J'ai… tellement de choses… à te dire… *mais tu n'es plus là…* Au revoir maman.

Elle rêvait d'être astronaute

Comète était une jeune femme pétillante, fascinante et splendide. Elle était belle comme l'étendue qui embrasse l'univers, qu'elle passait des heures à admirer. Comète était passionnée d'astronomie depuis son jeune âge. Le monde des astres n'avait aucun secret pour elle. Elle pouvait te citer toutes les constellations qui foisonnaient la voûte céleste les yeux fermées. Je ne me lassais jamais d'écouter ses histoires qu'elle s'amusait à inventer. Comète avait une créativité hors norme à tel point que j'en venais à me demander si elle n'avait pas enfanté l'inventivité. Elle était tellement de choses qu'il me faudrait une éternité indéfinie pour parler de son être entier. Comète rêvait d'être astronaute, mais le destin en a décidé autrement. Elle est devenue bien plus : *une étoile illuminant le ciel*. Son ciel adoré. On peut finalement dire qu'elle a réalisé son rêve.

Mes pensées vont vers toi, Alaska

Quand vient la nuit, mes pensées divaguent vers toi Alaska. Je me souviens du moment où tu m'as adressé tes premières paroles, paroles qui résonnent encore dans mon esprit : *« Hé, ma jolie ! Pourquoi t'es toute seule ? »* Je t'avais trouvé étrange, car personne n'osait s'approcher de moi, mais toi tu l'avais fait. Ma dégaine ne t'avait pas effrayé et j'en reste toujours coite, même aujourd'hui. Plus tard, tu m'avais dit, la voix enjouée : *« T'es une perle en fait, les gens sont cons de ne pas vouloir t'approcher ».* Je ne t'avais rien dit, mais tes mots ont changé mon monde. Je me souviens aussi des moments où tes lèvres se paraient du plus beau sourire qu'il m'a été offert de voir, des moments où on passait des heures à discuter et ceux où nos âmes fusionnaient. Je parle de toi au passé, car tu t'en es allé comme tous les autres avant toi. J'aurais dû t'empêcher d'entrer dans ma vie, car tous ceux qui y entrent, en ressortent complètement démolis.

Au-delà de sa prison terrestre

Orphée est seul. Les ténèbres recouvrent ses yeux. Tout ce qu'il parvient à voir, ce sont des points noirs.

Orphée est nu. La fraîcheur se faufile dans sa chair. Il grelote et claque fort des dents.

Orphée est enfermé au sous-sol de la maison. Les démons de ses cauchemars lui tiennent compagnie.

Orphée pleure. Il veut s'évader de cet enfer, mais ses forces ne tiennent qu'à un fil.

Orphée s'allonge petit à petit. Son âme s'évapore de son corps.

Orphée se regarde, sourit puis s'envole de sa prison terrestre, vers un monde meilleur.

La prétention de croire

Excuse-moi, j'ai eu la prétention
de croire que tu pouvais voir plus
loin que le bout de ta queue.

Allons sur la lune

— Allons sur la lune faire pleurer les étoiles.
— Allons dans mon lit faire l'amour.
— Tu m'as enlevé les mots de la bouche.
— C'est surtout tes vêtements que je vais enlever.

La prétention de croire

Excuse-moi, j'ai eu la prétention de
croire que notre relation s'étendrait
jusqu'à ce que la mort nous sépare.

Bienvenue dans mon cœur

Bienvenue dans mon cœur.
Il est dans un désastreux état,
mais quelques faisceaux lumineux
y subsistent encore.

Ma passion c'est toi

— Toi, tu n'as pas de passion ?
— Si, j'en ai une.
— Laquelle ?
— C'est toi ma passion.

Ils ont perdu leurs ailes
Les papillons que tu avais fait naître
dans mon ventre ont perdu leurs ailes.

Partager cette douleur avec toi
— Que fais-tu avec cette lame ?
— Ça semble évident, non ?
— Pourquoi fais-tu ça ?
— La douleur me fait du bien.
— Cogne-moi dessus !
— Pourquoi ?
— Je veux partager cette douleur avec toi.

Mon cœur tombe à la renverse
— T'as regardé le ciel ? La pleine est lune.
— Et moi, en amour, je suis tombé pour toi.
— A cause de mes mots à l'envers ?
— A cause de la pleine lune, mais aussi à
cause de mon cœur qui tombe à la renverse.

Faire la paix avec sa peine

Je ne sais même pas par où commencer. Je voudrais que tu saches ce que je ressens. Je suis contradictoire en ce moment, car je me dis que si tu sors de ma vie, ma guérison se fera plus vite. Mais en même temps, je voudrais que tu y restes. Parce que tu as beaucoup compté, tu comptes toujours, pour moi. Tu m'as tant apporté. Tu es le seul de tous avec qui je pouvais être moi-même. Grâce à toi je me suis épanouie. Je n'ai jamais été ainsi. *Tu m'as fait sortir de ma coquille.* Ça ne s'est pas fait d'un seul coup, mais progressivement. Tu m'as fait découvrir des choses sur moi que j'ignorais. *Et c'était beau.* Le temps que ça a duré. Oui, tu es et resteras mon plus bel amour. Je ne retiens que du positif de notre relation. Je vois les choses différemment à présent. J'ai compris que ça ne servait à rien de me replier sur moi-même. *Merci beaucoup pour tout.*

C'est l'histoire de mes sentiments

C'est l'histoire *de mes sentiments à sens unique* et *de mon amour pour tout ton être.* Des lettres envolées, des bribes de mots enclins d'émotions fortes, sagaces et tristes. Un carnet. *Des oxymores dont tu ignores l'existence.*

Les griffes acérées de ton cœur
ont pris *en otage le mien.*

J'ai voulu cueillir la délicate rose que tu es,
mais le serpent gardien de ta beauté
m'a menacé de ses crocs venimeux.

Je t'offrirai une rose empoisonnée
afin que *tu me rejoignes en enfer.*

Je peins des tableaux avec des mots
en essayant de rendre ça *beau, mais*
vous y verrez plus de maux que de beau.

J'aurais aimé *être une brise pour*
caresser tes cheveux. Un baiser pour
frôler tes lèvres. Surtout être *ton*
ombre pour t'accompagner partout.

A défaut de *dépenser inutilement mon*
énergie à te haïr, l'unique chose que
j'éprouve à ton égard, *c'est de*
l'indifférence. Totale.

À vouloir trop donner de soi, on
finit par *perdre l'essence de son être*.

*De notre amour, il ne reste qu'un
champ de ruines*. De mes pétales,
il ne reste que des bris. *De notre
histoire, il ne reste que des cendres*.

À force de jouer avec les flammes, tes doigts
de pyromane *ont mis le feu à notre histoire*.

Je n'ai pas la fibre romantique, mais
attrape ma main, *ça sera féerique*.

*Ne te contente pas de mettre de l'essence
à mon cœur*, mets-y aussi du feu *afin
qu'il brûle comme un incendie*.

Je suis une cigarette et toi le briquet. A
deux on fait la *paire pour causer le cancer*.

Ma brillante carrière s'achève,
mon talent en a pris cher.

*Faites connaissance avec les sombres maux
de mon âme*. Il arrive parfois que *mes
doigts éjaculent de belles choses*.

La pulpe de nos doigts à peine se frôle, et
une kyrielle *de frissons parcourt mon corps*.

Je voudrais que ça cesse

Trop d'émotions négatives gravitent autour de moi en ce moment. C'est la cohue dans ma tête, dans ma poitrine. Je me sens blasée, plus rien ne me fait envie. L'unique chose que je désire, c'est rester dans mon lit. Plus rien ne me motive. En écoutant de la musique, mes yeux s'emplissent de larmes, une vague de mélancolie m'étreint le cœur et des pensées tumultueuses affluent dans mon esprit. *J'ai mal*. Ce n'est pas tant la tristesse qui en est la cause, mais plutôt cette négativité qui plane au-dessus de ma tête. *Je voudrais que ça cesse*.

Les femmes hypersensibles

— Les femmes hypersensibles ressentent intensément les émotions et les sensations.

— *Effectivement.*

— Mais tu vas m'aimer encore plus fort ! Je vais me noyer dans ce vaste océan d'amour !

— *Alors, apprends à nager.*

Quand s'installe l'indifférence

Je suis arrivée à un point où je me pose beaucoup de questions. J'ai toujours été une fille douce, mais quand il s'agit de ma santé mentale, je peux me montrer très féroce. Je songe à toutes ces personnes qui m'ont fait du mal, surtout volontairement, en me disant qu'elles n'ont pas que de mauvais côtés. Je lis souvent que la meilleure manière de riposter face à toute cette haine gratuite, *c'est en répandant de l'amour*. Cela me fait beaucoup réfléchir, car je ne suis pas de ceux qui continuent à montrer les dents à ces gens. Toute l'estime que j'ai pour une personne peut s'envoler en un claquement de doigts et dès lors s'installe l'indifférence. Et une fois que ce sentiment me submerge, le lien est rompu. Difficile que les choses redeviennent comme avant.

Tequila, douce comme une fêlure

Si on pouvait prévoir notre avenir, ce ne serait pas marrant. Il vaut mieux être surpris par la vie comme par un ricochet de situations désastreuses. Ma rencontre avec elle s'est faite dans un bar, autour d'un verre de tequila. La tequila qui est douce comme ses baisers, douce comme ses caresses, douce comme une fêlure, douce comme *éros*. Car elle m'a fait perdre la raison la mexicaine. Elle m'a amené à changer mes habitudes, *à changer ma conception de l'amour*. L'amour c'est comme une délicate morsure, comme un apaisant tsunami, comme un sublime cataclysme, *peu importe la personne qui nous le fait sentir*.

La société, une belle connerie

Nous vivons dans une société où nous sommes stéréotypés en fonction de notre accoutrement, notre religion, notre apparence, ou encore notre couleur de peau et de cheveux. *Nous ne devrions pas être jugés en fonction de tous ces critères, car ces derniers ne définissent pas la personne que nous sommes*. Quand allons-nous laisser les préjugés de côté ? Quand cette société va-t-elle changer ? Quand allons-nous comprendre que différence rime avec beauté et diversité ? *Et que l'union fait la force* ?

Il m'a parlé de sa voix aux sonorités musicales.
Ce son mélodieux s'est introduit dans mon esprit.
Des pensées tumultueuses y ont fleuri. *Une vague d'émotions m'a enlacée tel un mistral.*

Levons nos verres à
l'alliance de nos constellations.

Ton regard a fait chavirer mon cœur.
Ton humour m'a interpellée. *Ton rire m'a fait craquer.* Ta voix retentissait dans mon esprit. *Le jour a été suffisant pour tomber amoureuse.*

Le ciel se pare de vénustes nuances tandis
que nos corps, *voluptueusement s'emboitent.*

Les éclats lunaires font
fleurir *mes pensées stellaires.*

Le crépuscule a échoué sur nos ombres et
a déposé *un voile de nostalgie sur nos regrets.*

Reminder for ourself
N'oublie pas de sourire aujourd'hui.

Reminder for ourself
Peu importe le temps qu'il fait dans
ta tête, *danse sous la pluie de tes pensées.*

Reminder for ourself
La météo du jour annonce un déluge
de bonnes nouvelles. Sois confiant(e)
et optimiste, tout ira bien.

Reminder for ourself
Emplis une bulle de ton amour
et laisse-la éclore sur le monde
à la manière d'une douce averse.

Reminder for ourself
Sois comme l'astre du jour, il
se lève toujours de bonheur
et scintille toute la journée.

Reminder for ourself
Arrête de douter, fonce ! Et même si tu te
casses la figure, au moins tu auras essayé.

Reminder for ourself
Souviens-toi toujours de ça : tu as de la valeur !
Tu occupes une place gigantesque dans le cœur
de quelqu'un. *Tu es assez ! N'en doute pas !*

Reminder for ourself
Souviens-toi toujours de ça : tu
es une splendide créature et tu
accompliras de grandes choses.

Si tu ne laisses pas
ton cœur s'exprimer,
il restera **sec à jamais.**

Je suis le phare
qui **illumine tes**
sombres nuits.

Devrais-je commencer à m'inquiéter ?

Aussi étrange que cela puisse paraître, j'aime le fait de me dire que je suis *cynique*. Ne vous méprenez pas. Dans le cas qui est le mien, je me désigne comme étant désabusée. J'éprouve un désintérêt blasé à l'égard de tout ce qui m'entoure, notamment certaines personnes et moi-même. Mon cynisme se manifeste surtout par le fait que j'ai ghosté, et continue de le faire, de nombreuses personnes avec qui j'ai vécu moult belles choses. J'ignore la raison qui me pousse ainsi à me retirer de la vie de ces personnes, mais je le fais. Et ça ne suscite presque rien en moi si ce n'est de l'indifférence. Je ressens également la même chose à l'égard de ma personne, dans la mesure où je me laisse mourir de faim. J'ai également des migraines récurrentes à cause de ma carence en sommeil. Pourtant le détachement dont je fais preuve m'est totalement égal. *Devrais-je commencer à m'inquiéter ?*

Brain on fire

Mon cerveau est en feu. Il a besoin de repos. Il a peut-être même besoin d'une éternelle sieste. *Un parasite nommé migraine grignote sa masse cérébrale.* Il souffre le martyre pourtant je ne fais rien pour l'aider. *Je ne lui apporte pas le calme qu'il réclame.* J'oublie que c'est la pièce maîtresse de la mécanique de mon corps. Sans lui, ce dernier risque de s'effondrer et je ne pourrais m'en prendre qu'à moi-même. Il faut impérativement que je songe à dormir correctement un de ces jours.

Mon cœur est transi de givre

Après ton départ, je me suis repliée sur moi-même. Je n'attends plus rien de personne. Les puériles niaiseries liées à toutes formes de sentiments amoureux ne m'émeuvent plus. J'ai le cœur gelé. Je suis réticente à l'idée de m'ouvrir à nouveau à quelqu'un.

Je ne devrais pourtant pas te tenir pour responsable de l'assèchement de mes émotions, de la froideur dans laquelle s'asphyxie mon cœur. Oh, non je ne devrais pas. Car tout ce qui est arrivé est de ma faute. J'ai eu de colossales attentes. J'ai estimé que notre affinité s'étendrait dans le temps. *Mais il n'en a rien été*. Ce n'était une fois de plus qu'une frivole divagation de ma part.

Pourquoi devrais-je m'empêcher d'aimer à nouveau à cause de toi ? Le bonheur n'est que chose versatile après tout. J'ai réussi à me guérir de toi, mais un brin d'amertume étouffe encore ma poitrine et me fait vomir d'âpres débris de notre histoire.

Pourtant je ne peux m'empêcher d'être reconnaissante, car grâce à toi j'ai mûri. Et même si pour l'instant *mon cœur est transi de givre*, je sais qu'un jour viendra où la chaleur d'un autre le réchauffera. *Alors merci, merci pour tout.*

Percer ton mystère

Je t'avais remarqué malgré la cohue d'étudiants agglutinés qui se bousculaient pour avoir un endroit où s'asseoir. Les journées étaient toujours les mêmes dans cet amphi, on se frottait à des gens dont on ignorait le nom. Nos vêtements se froissaient, nos effluves se mélangeaient. On n'avait pas vraiment le choix, mais toi si. Tu faisais toujours le choix d'arriver à la bourre, quand tout le monde était déjà installé. Bizarrerie, tu trouvais toujours un siège. *Je t'observais souvent de loin, je t'épiais même.* C'est obsessionnel chez moi, j'aime examiner les gens, noter leurs moindres gestes et tics. Au départ, tu passais les cours debout au fond, et il me fallait tourner la tête pour t'observer. A force, j'aurais eu des torticolis. Mais je m'en contrebalançais, du moment que je pouvais voir les traits de ton beau visage. En te voyant de loin, tu semblais inaccessible. Un peu comme moi d'ailleurs. Ta démarche laissait à penser que tu étais arrogant. *Tu ne m'adressais pas le moindre battement de cils*, pourtant je crevais d'envie de percer le mystère planant autour de toi.

Lorsque j'ai lu tes mots pour la première fois, je n'ai pu m'empêcher de penser : *« la transcendance nait de la pulpe de ses doigts ».*

Si j'avais un quelconque talent pour la peinture, j'aurais peint les traits de ton visage.

Tu me regarderas comme une chose à laquelle tu es illégitime de t'approcher. Il ne te restera de moi que des souvenirs. *Ils te rappelleront à quel point tu as été stupide de me laisser filer.*

Mon cœur s'est fait une entorse

Pourquoi a-t-il fallu que je m'éprenne de toi ? Je pensais mon cœur en défaillance. Incapable d'éprouver à nouveau un quelconque sentiment affectueux. *Défectueux*. Il est prouvé que plus l'on passe de temps avec une personne, plus il y a de chance d'en tomber amoureux. J'ai beau réfréner ce feu ardent qui embrase ma poitrine, je ne peux nier l'évidence qu'une fois de plus mon cœur est tombé. *Et il s'est fait une entorse.*

Alba est morte, et tant d'autres

Alba est morte.

Cette fois les coups ne se sont pas limités à deux ou trois. La situation a dérapé et tout a vrillé. Un accident est si vite arrivé. Un drame irréversible s'est produit.

Le vin s'est mélangé au sang.

Alba aurait dû partir dès le début, mais elle a eu la vaine illusion qu'il allait changer. Elle a cru à ses mièvres paroles. Est-elle à blâmer ? Il ne lui était jamais venu à l'esprit qu'un tel désastre arriverait. Ce qui est également le cas pour toutes ces autres femmes qui ont succombé à la violence de ces êtres ignobles qui étaient censés les protéger.

Mon âme s'enfuit de mon corps à mesure que
les premières lueurs de l'aurore se dessinent.

N'aie pas l'ombre d'un doute là-dessus :
l'avenir de notre idylle est *entre nos mains.*

Un jour sans moi, tu traverseras un *chaos furtif.*
Celui-ci te donnera *un irréel* besoin d'*amnésie,*
qui à son tour te plongera en *existranse.*

L'univers tout entier conspire contre nous.
Le cri des comètes en est la preuve
vivante. *Toi et moi c'est une évidence.*

On ne comprend pas ce qui arrive
aux autres *jusqu'à ce que ça nous arrive.*

Une mélopée digne de mauxzart

À deux heures du mat, animée par l'insomnie, je décide de poser sur la toile *l'infinité de mots* frétillant dans mon esprit. La transe m'emporte aussitôt, faisant ainsi courir mes doigts. J'exprime mon *vague à l'âme* dans une *mélopée* digne de *mauxzart*. A bout de souffle, je m'arrête et la *délicate réalité* que je viens de peindre m'éclabousse à la figure.

Viens on respire

Mon âme audacieuse a eu l'ardeur de s'éprendre de ton *cœur cupide*. Pourtant après avoir pataugé dans *les flaques* de ton indifférence, j'ai réussi à conquérir ton être. Et depuis nos *peaux s'aiment*. Alors, *viens on respire*, car mon amour *à sens unique* a fait germer celui de la *mauvaise graine* que tu es.

Lettre à mon fils

Mon fils, tu seras un brave homme. Je t'apprendrai le respect, la patience, la bienveillance, la courtoisie… Je ferai tout ce qui est en mon pouvoir afin de faire de toi une belle personne. Je t'inculquerai des valeurs qui feront de toi un *être humain*. La vie ne sera pas toujours facile. Il y aura des moments où te battre, il te faudra. Pour ton bonheur. Pour ta vie. Pour ton amour et pour ta famille. Il te faudra aussi te battre pour tes enfants comme je me suis également battue pour toi. La tâche sera rude de ce côté-là, mais une fois que tu verras que tes efforts n'ont pas été vains, alors comme moi, tu seras l'homme le plus heureux.

Affectueusement, maman.

Lettre à ma fille

Ma fille, tu seras très vite confrontée à la vile réalité de cette société. Société où pullulent injustices, vicissitudes, barbaries, diktats… La liste est longue comme le bras. Tu devras t'armer de courage afin d'affronter les épreuves qui t'attendent. Il y aura des moments où tu fléchiras, mais je suis certaine que tu possèderas en toi la force nécessaire pour tout surmonter. Car rien n'est insurmontable. Tu comprendras que les épreuves que nous traversons servent à nous forger. Le monde n'est pas tout noir ni tout blanc. Tu découvriras également les belles choses qu'il a à offrir. Par-dessus tout, aime la vie ! Prends-la telle qu'elle, aussi bien avec son lot de paillettes qu'avec son lot d'emmerdes. Ris. Danse. Chante. Tombe. Relève-toi. Aime. Découvre. Pleure. Respire. Vis. Tout simplement. *Intensément.*

Affectueusement, maman.

Lettre à mon bébé

Dès l'instant où j'ai su que tu étais dans mon ventre, je t'ai aimé. Bien qu'à ce stade, tu n'étais qu'un embryon en voie d'évolution. Cependant, j'étais partagé entre la surprise, la joie, l'incertitude et le chagrin. La surprise, car à aucun moment je ne m'étais imaginée que ça m'arriverait d'aussi tôt. Et l'incertitude de te garder en moi ou non. J'étais tourmentée, terrifiée.

Il y a eu des moments où tout ce que je désirais, c'était me débarrasser au plus vite de toi. Par crainte du regard des gens. Par crainte des changements que mon corps subirait. Et par crainte de traverser ces neuf longs mois. Mais il y a aussi eu des moments où je t'imaginais déjà dans mes bras. J'imaginais ton visage, ton sourire, tes yeux, ta minuscule main posée sur ma joue et dans le creux de la mienne.

Je te visualisais en train de courir, sautiller, danser, grandir. Et je ne pouvais m'empêcher de sourire. Prendre cette décision a été rude. C'était atroce de me séparer ainsi de toi. Dans mon cœur, subsiste encore cette indicible douleur.

De là où tu es, je veux que tu saches que maman t'aime, elle t'aimera toujours. Je souhaite que tu me reviennes et j'espère qu'à ce moment-là, je serai prête à t'accueillir à bras ouverts et à te donner tout l'amour du monde.

J'écris parce que les
mots ont plus de facilité
à jaillir **de mes doigts que**
d'entre mes lèvres.

J'avoue avoir un faible pour
les personnes intelligentes, **elles**
me font bander le cerveau.

Mon cœur est courbaturé
à force de battre pour le tien.
Il faut croire que **t'aimer**
revient à faire de l'exercice.

Ne crains pas les ténèbres,
car une étoile ne scintille
mieux que dans l'obscurité la
plus totale. **Tu en es une.**

Dans cette société, il arrive
parfois qu'une fois que certaines
personnes atteignent le sommet,
elles fassent tout leur possible
pour que ce ne soit pas le cas
des autres. A quoi bon ?

Le Créateur a raison de pleurer

Mon cœur n'est plus qu'un océan de chagrin quand mes yeux s'ouvrent sur la cruauté des Hommes. Ils se laissent envahir par tant de sentiments négatifs. *On se fait la misère au lieu de se donner la main.* Le monde n'a plus aucune *Humanité. Le Créateur a raison de pleurer.*

Faire de chacun de nous des supernovas

A quoi sert-il de se haïr lorsqu'on peut s'aimer ? A quoi sert-il d'envier les autres lorsqu'en chacun de nous, Dieu a insufflé quelque chose de Majestueux ? A quoi sert-il de souhaiter l'échec de l'un lorsque la réussite de l'autre profite à l'humanité entière ?

A quoi sert-il d'être contre le succès des autres ? A quoi sert-il de vouloir éteindre l'étoile de l'autre tandis que dans le ciel, il y a de la place pour une constellation entière ? Et si au lieu de souffler sur la lumière des autres, nous nous tenions la main afin de faire de chacun de nous des supernovas ? Alors, es-tu prêt (e) à attraper la mienne ?

Des ténèbres jaillit toujours la lumière

À tous ceux qui se sont accrochés. À toutes les familles qui ont perdu un être chéri, que la Vie leur a arraché. À tous ceux qui ont perdu leur grand Amour. La Mort n'est que la terminaison d'un chapitre et le commencement d'un autre. Ne perdez pas espoir, car *des ténèbres jaillit toujours la lumière.*

J'essaie de m'ouvrir,
mais **l'humain me**
rend hermétique.

C'est ok de semer ton absence
là où ta présence **ne résonne**
pas assez fort pour eux.

Je m'en veux parfois d'éprouver
autant de considération pour
des personnes pour qui **la**
réciprocité sonne creux.

Il me donne des vacarmes
silencieux quand tout ce que
mon être lui réclame, **ce sont**
des mots fiévreux.

Il n'y a qu'une fois
dans les ténèbres que
notre esprit **fait du bruit.**

Engagé dans ce jeu
délétère, mon cœur risque
toujours **de finir laminé.**

Il est des compositions musicales
qui vous pénètrent l'âme, vous
dépouillent de votre douleur,
vous font **battre le cœur jusque dans**
les veines, et vous coupent le souffle.

À l'encre de mes veines,
je décris mes peines. Des
failles de mes cicatrices,
jaillissent des feux d'artifice.

De toute l'exposition,
seule ma toile habillée d'une
vaste nappe de **peinture noire**
a réussi à capturer son regard.

Mon cerveau : lieu morose
où règnent **les vestiges**
de nos souvenirs balafrés.

L'incidence des mots

C'est d'une tristesse de voir qu'il y a encore des gens qui ne savent pas s'ouvrir à la beauté et à la puissance des mots. Leur vie doit être d'une morosité maladive. Car le voile déposé sur leurs yeux et leur cœur les empêche de déceler l'incidence de ceux-ci. Ignorer à quel point ils peuvent te faire vibrer, à quel point ils peuvent déshabiller tes émotions. Ignorer à quel point ils peuvent pénétrer ta chair, faire pleuvoir tes yeux et essorer ton cœur. Je vous souhaite à tous de les rencontrer, afin de frôler comme moi la volupté.

L'amour de l'écriture naquit de
mes heures passées à la lecture.

Heures durant lesquelles
je m'abreuvais des mots.
ce riche breuvage alimenta
nombreuses de mes rêveries.

Et de l'amour de la lecture
naquit mon amour de l'écriture.

À tâtons, lentement, je me lançai.
À corps perdu et âme embrasée,
régie par une flamme ardente,
lentement, je me lançai, à tâtons.
L'amour des mots permit à mes
émotions de glisser sur le papier.

Étant la seule manière pour moi
de faire vibrer mes cordes vocales.

Marie-Héléna NGUELI LEKOBA

À un battement près

J'ai longuement réfléchi à de multiples manières de commencer. J'ai longuement hésité, car je ne trouvais pas le courage nécessaire. Moi qui suis pourtant douée pour le faire, *mes mots ont perdu l'usage de la parole*. Ce que je m'apprête à vous dire ne relève ni de la fiction ni de mon imagination.

En novembre, j'ai failli perdre mon père. Cela a duré deux mois environ. En octobre encore, ça allait plutôt bien. Puis peu à peu, nous avons sombré dans une spirale infernale ma famille et moi. Mon père, qui est connu pour être le plus fort mentalement de nous tous, avait baissé les armes. Étant psychologiquement atteint, son corps a lui aussi progressivement perdu de sa vitalité. Il était méconnaissable.

Un soir, alors que je dormais, j'ai entendu sa voix. Une voix lointaine comme un murmure. J'ai eu la lourdeur de me lever pour vérifier, pensant que ce n'était qu'un rêve. C'est seulement quand la voix de ma sœur, presque en larmes, m'est parvenue que j'ai su. Alertes, mon frère, ma mère et elle se sont dare-dare rendus à l'hôpital. Ce n'est qu'une fois seule à la maison que j'ai réalisé ce qui se passait. C'est la seule fois où j'ai eu extrêmement peur. Elles ont été les minutes les plus interminables de ma vie.

Grâce à Dieu, aujourd'hui il est encore à nos côtés. Et durant cette interminable sombre période, la seule personne qui a été la plus brave d'entre nous, ça a été ma mère. Elle a fait preuve d'un immense courage. Elle est restée auprès de son mari, supportait le moindre de ses caprices. Elle nous a montré ce que c'était l'amour véritable. À aucun moment elle n'a failli. À aucun moment elle n'a flanché. Elle s'est battue bec et ongles pour l'avoir à ses côtés et main dans la main, ils ont bravé la mort. Ce que je retiens de cette expérience, c'est qu'il y a réellement un Dieu qui existe et il nous écoute lorsqu'on lui parle. Quel que soit ce que vous traversez ne baissez pas les bras et ne perdez pas la foi.

Je lui ai dit non

Je lui ai dit non. Mais ça ne l'a pas arrêté. Mes yeux ont transpiré. Mais ça ne l'a pas arrêté. J'ai suffoqué d'angoisse. Mais ça ne l'a pas arrêté. *Je lui ai dit non.* Mais ça ne l'a pas arrêté. *Insister* a été la seule chose qu'il a trouvée de mieux à faire. De toute sa puissance, *il m'a réduit au silence*. De toute sa domination, *il a rendu ma volonté insignifiante*.

Mon ressenti et mes émotions, au silence, ont été réduits. Mes supplications, au néant, ont été réduites. Mes « *non* » sonores ont eux été traduits en « *oui* ». Dans une pièce hermétique, sans issue aucune, je me suis sentie. L'air s'est raréfié dans mes poumons. Et je lui ai cédé *dans l'unique but qu'il me laisse tranquille*. Qu'il en finisse une fois pour toute. Que je puisse m'en aller.

Sous la pression monstre, j'ai cédé. Je lui ai laissé obtenir ce qu'il voulait. Je lui ai laissé *cracher sur mes émotions et piétiner ma dignité*. Je lui ai octroyé le droit de me réduire à *un orifice dans lequel introduire la pourriture qu'il a entre les jambes*. J'aurai pu empêcher ça, mais je n'ai rien pu faire. Est-ce de ma faute ? Certaines *ordures* dans le même genre que lui, *ignorant le consentement*, diront que *oui*. Ai-je souhaité que cela m'arrive encore une fois ? *Non*. Je lui ai dit « *non* ».

Quand je suis rentrée chez moi, des rivières se sont écoulées sur mes joues. Je voulais *m'arracher la peau des os et vomir jusqu'à cracher du sang*. J'ai enfoncé mes ongles dans ma chair dans l'espoir vain *d'effacer les traces qu'il a laissées sur moi*. Je me sentais *souillée. Blessée au plus profond de mon âme*. Et pourtant, n'était-ce pas à lui de se sentir *coupable* ? J'aurai dû me méfier, mais il n'était pas écrit « *violeur* » sur son front.

Je suis un imposteur

Rien ne me terrifie plus que de montrer ma vulnérabilité aux autres et qu'ils s'en servent contre moi. *Je porte un masque. Je joue un rôle.* Comme la plupart des gens. Aux yeux du monde, je parais pour une fille pleine d'assurance, solaire, sans faille aucune. Mais la réalité est tout autre. *J'ai peur.* Que l'on me voit telle que je suis et que je perde toute crédibilité. Je joue un rôle. Pour camoufler celle que je suis réellement. Une fille ravagée par le doute, effrayée par le monde extérieur, indécise, égoïste, irréfléchie, insatiable. *Je suis un imposteur.* La véritable moi se tient camouflée derrière une importante couche de béton. Il arrive parfois que de rares personnes parviennent à transformer ce béton en grains de sable et cette cage métallique en vulgaire cabane en bois. Il arrive aussi quelque fois que je m'ouvre aux mauvaises personnes. Que ces personnes se servent de moi et abusent de ma faiblesse. C'est à ce moment que je retourne me cacher et que le venin vient corrompre mon cœur. La rancœur me submerge alors et je deviens hermétique avec le reste du monde.

Mes doigts ont des choses à raconter

Mes émotions glissent sur le papier. C'est la seule manière pour moi de faire vibrer mes cordes vocales. En décrivant les paysages qui pullulent dans ma tête. En faisant jaillir sur le papier les émotions dissimulées dans ma poitrine, entre mes neurones, sous ma peau. Une palette de sentiments vifs demeurant dans le creux de ma gorge. Mes doigts parlent plus que mes lèvres. Et on peut dire qu'ils ont de bien belles choses à raconter.

Cher moi

Cher moi du passé, naïve tu as été, mais brave également. Ton besoin d'aller trop vite, de tout découvrir en même temps t'a amené à te retrouver face à des situations compliquées, à tel point que tu ne pensais pas trouver d'issues. Tu as connu la dépression, l'humiliation, l'échec, une agression qui t'a marquée au fer rouge.

Tu as songé à une égoïste échappatoire : mettre fin à tes jours, avec la vaine illusion que ça arrangerait tout. Au lieu d'emprunter ce lâche sentier, tu as fait face à tes erreurs et tu as assumé les conséquences de tes actes. Tes jambes ont fléchi tant de fois. Des rivières se sont écoulées de tes yeux, mais tu as puisé la force nécessaire en toi pour surmonter toutes ces épreuves la tête haute. Celles-ci t'ont forgée et tu es devenue résiliente au fil du temps.

Cher moi du présent, tu gonfles mon cœur d'une insondable fierté. Tu as parcouru un long chemin semé d'embûches avec bravoure. Ces expériences et ton passé t'ont tant appris, et grâce à eux tu es une meilleure version de toi-même. Je te souhaite d'apprendre encore et d'être plus résiliente que tu ne l'es déjà, car tu ignores ce que te réserve l'avenir.

Avec tout mon amour.

Culpabiliser d'être humain

De nombreuses fois, je m'en suis voulu pour toutes les erreurs commises. Pour toutes ces fois où j'ai succombé à la tentation de retomber dans mes travers. Pour toutes ces fois où l'égoïsme l'a emporté sur ma volonté de changer. Pour toutes ces fois où mes genoux ont fléchi face au désastre dont j'étais malheureusement l'auteure. Pour toutes les silencieuses larmes restées coincées sous mes paupières. Je m'en suis voulu. Et j'ai fini par comprendre que les remords n'ont pour unique but que de vous détruire. Saccager tout ce qu'il reste de bien au fond de vous. Vous transformer en bloc de béton. J'ai réalisé que ça n'en valait pas la peine de se faire autant de mal à *culpabiliser d'être humain*. Car il n'y a pas plus humain que de commettre des erreurs et d'en tirer des leçons. Il n'y a pas plus humain que d'être égoïste quand c'est nécessaire. Alors, toi qui te trouves dans la même situation que moi, cesse de te tourmenter. Ces mêmes personnes qui te reprochent de ne pas être ci ou ça, ne valent pas mieux que toi. *Heureusement*. La prochaine fois qu'un doute subsiste, souviens-toi de ça ! Nous commettons tous des erreurs, nul n'est parfait, c'est ainsi ; et c'est de celles-ci qu'on apprend et aspire à devenir une meilleure version de nous-même. Dès aujourd'hui, cesse de t'en tenir rigueur et sois fier (e) des choses immenses que tu as accomplies et accompliras.

Enfermée dans une cage sans clé à la serrure

Je vais avoir vingt-et-un an, mais je ne suis pas encore prête à battre de mes propres ailes. Certaines personnes disent que je suis trop fragile, je ne saurais les contredire. Car je suis loin d'avoir le mental assez fort pour affronter le monde. J'ai la sensation d'être *enfermée dans une cage sans clé à la serrure*. La porte étant ouverte, j'ai à tout moment la possibilité de sortir, *mais je n'ose pas le faire*. Car je suis terrifiée à l'idée de voir la véritable face du monde. Je suis terrifiée à l'idée de ne pas avoir les épaules assez solides *afin de porter le poids de ce monde et d'affronter sa brusque réalité*. J'observe alors de ma cage les autres évoluer, grandir, s'affranchir de leurs barrières, se faire violence, dépasser leurs limites, frôler de près leur plein potentiel, se prendre et rendre des coups, se fixer des objectifs et les atteindre, avoir la rage de plus en plus grandissante de réussir. Je me contente de les observer alors que je suis capable d'en faire autant et bien plus encore. Mais la peur m'entrave. *De quoi as-tu peur ? De quoi ai-je peur ?* Je sais qu'à un moment, il va falloir que je pousse cette porte afin d'affronter le monde extérieur. Il me faut me faire violence et sortir de cette cage qui désigne ma zone de confort. Je ne suis encore qu'au stade de chenille, mais je deviendrai un magnifique papillon. Ça prendra le temps qu'il faut, mais je sais que j'y arriverai.

Il a su me percer à jour

Il a su percer à jour la mascarade que j'expose au musée de la vie. De toute l'exposition, seule ma toile recouverte d'une vaste nappe de peinture noire a su capturer son regard. Il s'y est attardé malgré mes nombreuses tentatives de le dissuader de s'en approcher. Armé de patience et de témérité, il a lentement fini par écailler l'amas de peinture. La véritable image dissimulée derrière tout ce brouillard lui a alors éclaboussé la figure. Mon véritable moi ainsi mis à nu sous ses yeux admiratifs, aucun retour n'est possible.

Ses mains d'une incroyable beauté et empreintes d'une indicible délicatesse n'ont pu s'abstenir de se poser sur ma peau. Découvrant ainsi peu à peu la moindre de mes failles, de mes imperfections, de mes cicatrices, de mes courbes.

Ma performance des plus remarquables pour duper le monde, mon jeu d'actrice et mon tour de prestidigitatrice, s'est alors effrité tel un vulgaire château de sable. *Et il m'a vue.* Je me suis montrée telle que je suis réellement. *Sans artifices.* Ai-je pris la bonne décision en choisissant de baisser ma garde et d'ainsi me dévoiler ?

C'est de la profondeur de mes entrailles que naissent mes plus belles armes. *Et c'est de la profondeur de mes failles que je puise la force de me battre.*

Certaines personnes ne mesurent pas la chance et l'honneur de m'avoir, *une écrit veine et art triste*, dans leur vie.

Brise-moi le cœur que j'écrive un best-seller,
car la douleur a enfanté mes plus belles créations.

Écrire c'est se mettre en danger.
Alors, j'ai décidé de prendre le risque.

J'avais conscience qu'en baissant ma garde, je courais le risque de glaner *un énième crève-cœur*. Pourtant j'ai sauté à pieds joints dans la *fausse* aux lions. Et mon bourreau n'avait que *d'apparence la gueule d'un ange.*

Je n'ai pas changé. C'est juste *la véritable moi*, que j'ai toujours maintenue camouflée, qui est en train d'éclore. Cela déplaira à beaucoup de gens, mais qu'importe puisque *mon âme entre enfin en résonnance avec mon corps.*

Brillez de mille feux !

Tant que vous savez que le sentier que vous empruntez ne vous écarte pas de vos convictions, de vos croyances ainsi que des valeurs morales que vos parents vous ont inculquées, ne laissez à quiconque le droit de vous dicter votre conduite ou encore vous dire que vous vous éloignez de l'image qu'ils se font de vous. Quoique vous fassiez, les gens trouveront à redire. Mais retenez une chose : vivez votre vie pour vous et non pour le regard des autres, car à quoi bon gagner le monde si au final on perd son âme ? Brillez de mille feux !

Chère Marie-Héléna

Tu t'apprêtes à faire un grand saut. Il est plus que temps que tu grandisses, que tu t'affranchisses des barrières que tu t'es créées. Cesse de vivre dans un monde imaginaire et arrache-toi à cet univers chimérique fabriqué de toutes pièces. Cesse de laisser cette peur irrationnelle du monde extérieur te priver de prendre ton envol. Bats-toi de toutes tes entrailles à te dérober de ta zone de confort, car celle-ci n'a pour unique but que de te freiner dans ton évolution.

Regarde tout le chemin que tu as parcouru pour devenir celle que tu es aujourd'hui. Prends la petite fille que tu étais dans les bras et rassure-la. Pardonne à celle que tu étais hier, dis-lui que les leçons s'apprennent dans la douleur. Félicite-toi pour les petites victoires comme pour les grandes.

Une évolution considérable démarque celle que tu étais hier, tant spirituellement que psychologiquement, à celle que tu es aujourd'hui. Le périple est loin d'être terminé, mais j'ai la certitude que tu possèdes en toi la force nécessaire pour surmonter les épreuves qui se dresseront devant toi. Le pouvoir est entre tes mains. Il n'appartient qu'à toi de t'en servir et d'accomplir ta mission ; celle pour laquelle tu es venue sur terre.

Aie confiance en toi, aie confiance en ta force, aie confiance en tes capacités et par-dessus tout aie confiance en ton créateur. Je crois en toi. Tu es destinée à accomplir de grandes choses. Du plus profond de mon cœur.

Ta plus grande admiratrice.

Mes mots ont perdu l'usage de la parole. *Ainsi, je tire ma révérence.*

Table des matières

www.ingramcontent.com/pod-product-compliance
Lightning Source LLC
LaVergne TN
LVHW041038150826
845672LV00001B/381

* 9 7 8 2 4 9 3 0 5 3 2 6 8 *